JN311409

甘味屋十兵衛子守り剣2

殿のどら焼き

牧　秀彦

幻冬舎時代小説文庫

甘味屋十兵衛子守り剣2

殿のどら焼き

目次

第一章　嘉祥《かじょう》菓子

一

小野《おの》十兵衛《じゅうべえ》は追い込まれていた。

徒党を組んだ敵に襲われ、夜更けの路地で孤立無援。しかも傷を負っている。

凶刃《きょうじん》にえぐられたのは、左人差し指の付け根。先程から出血が止まらず、四人の敵が代わる代わる斬《き》り付けてくるので、血止めをするのもままならない。

「くっ……」

迫る敵を十兵衛はキッと見返す。

裾を乱した着流しには、点々と血の撥《は》ねた跡。

袴《はかま》は穿《は》かず、刀も脇差も帯びていない。

元は武士でも、今の十兵衛は甘味屋を営む身。大川の東岸、深川は新大橋の東詰めに小さな店を構えている。士分の証《あか》しの刀も捨てて久しく、右手に握る一振りは敵から奪い取ったものである。

得物こそ手に入れたが、十兵衛の形勢は不利だった。

左手に傷を負ったため、右手でしか刀を使えないからだ。

刀は左の手足を主、右を従として振るう。斬るときに土台となる足腰はともかく手に傷を負っていては、操る手の内《うち》に狂いが生じてしまう。気が張っていれば痛みこそ感じないが、このままでは柄《つか》も満足に握れない。

十兵衛の焦りをよそに血はとめどなく流れ、手首を伝ってしたたり落ちる。

痛々しい有り様も、敵にとっては好都合。

夜陰に乗じて来襲した、刺客の頭数は十人。

すでに六人を返り討ちにしたが、まだ四人残っている。

その狙いは、店の二階で息をひそめる遥香《はるか》と智音《ともね》。

大事な預かりものの母娘に指一本、触れさせてはなるまい。

刀を引っ提げ、ゆらりと十兵衛は前に出た。

すかさず刺客の一人が斬りかかる。

「往生せい、不義者！」

「く！」

嵩《かさ》にかかって斬り付けたのを、十兵衛は右手の刀で受け流す。敵の斬撃《ざんげき》を受けると同時に刀身を傾け、切っ先を逸《そ》らしたのである。

「うわっ⁉」

金属音が上がった瞬間、敵がよろめく。

勢い込んだ一撃をかわされ、つんのめったのだ。

間を置かず上がったのは、肉と骨を断つ鈍い音。

体勢を崩した一瞬を逃さず、十兵衛が浴びせたのは片手斬り。

斬られた敵が崩れ落ちるのを尻目に、残る三人を鋭く見返す。出血で朦朧《もうろう》としながらも、まだ闘志を失ってはいなかった。

夜襲をかけてきたのは、かつて十兵衛が属した藩の討手。

江戸まで逃れて深川の地に隠れ住み、甘味屋を営んで生計《せいけい》を立ててきた十兵衛を抹殺するために、差し向けられた刺客であった。

十兵衛が一介の藩士であれば、有り得ぬことだろう。

いかに脱藩が重罪とはいえ、生け捕りにしようとせずに、斬ろうとするのは行き過ぎた処置である。しかも闇に紛れて討ち取ろうとは、尋常なことではない。

理不尽な行動が許されるのも、藩の上層部の指示であればこそ。

敵の狙いは、十兵衛が国許《くにもと》から連れ出した母と娘——先代の藩主の寵愛《ちょうあい》を一身に集める側室だった遥香と、亡き藩主の血を引く智音の命。

悪しき黒幕どもは自分たちの悪行を隠すために何の罪も無い遥香を抹殺し、まだ九歳の智音の存在まで消し去ろうとしているのだ。

重ね重ね、理不尽なことである。

しかし十兵衛《じ》が付いていては、無理を通すのも難しい。

刺客たちは焦れていた。

「こやつは手負いぞ！　深追いするでない！」

下知《げち》したのは、刺客たちを率いる年嵩の藩士。

「小野は儂《わし》に任せよ！　早《はよ》う奥に踏み込み、御命を頂戴いたせ！」

「ははっ」

配下の若い二人が呼応した。

行く手を阻もうと、十兵衛は身を乗り出す。

すかさず年嵩の藩士が斬りかかる。

腰の入った一撃だった。

凶刃を受け止めた刀身が、ぎりっときしむ。柄を握った右腕が震える。

「く……」

十兵衛がうめいた。

体重の乗った斬撃を、右手一本でさばき続けるのはキツい。

受け流そうにも敵は刀身を傾《かし》げる隙を与えず、合わせた刃は糊《のり》で貼り付けたかの如く動かない。十兵衛のことは自分に任せよと配下に宣言するだけあって、手強《てごわ》い相手だった。

釘付けにされている間に、二人の配下が路地を駆ける。

目的は路地に面した、店の勝手口に突入すること。

「ま、待てっ」

今度は十兵衛が焦る番。蹴散らそうにも、足止めされていて動けない。

年嵩の藩士は容赦なく、ぎりぎりと押してくる。刀身のきしむ音が高まる。

若い二人も動きを止めない。

焦る十兵衛をよそに路地を駆け抜け、勝手口の前に立つ。

だが、中に踏み込むまでには至らなかった。

「うわっ」

「ひっ!?」

敷居を越える前に、二人は横に吹っ飛んだ。

背後から忍び寄った何者かに、続けざまに蹴り付けられたのだ。

「な、何奴だっ」

年嵩の藩士が動揺の声を上げる。

その隙に、十兵衛は合わせた刃を打っ外《ぱず》す。

突如として修羅場に現れ、窮地を救ったのは身の丈が五尺（約一五〇センチメートル）そこそこの小柄な男。

「石田《いしだ》様、どうして!?」

「お内儀が知らせてくれた。おぬしが危ないと……な」

「えっ」

いつの間に表に抜け出し、助けを求めに走ってくれたのか。

驚く十兵衛に男は言った。

「話は後だ。切り抜けるぞ、十兵衛！」

ずばりと告げる口調は頼もしい。

石田甚平《じんぺい》、四十歳。

十兵衛が懇意の旗本に仕える甚平は、肥後国の人吉《ひとよし》生まれ。戦国の昔から地元に伝わる、タイ捨《しゃ》流剣術の使い手である。

「おのれっ」

年嵩の藩士が怒声を上げた。

十兵衛を牽制《けんせい》しながら、新手の甚平に向かっていく。

応じて、甚平は軽やかに体《たい》をさばいた。

まだ刀には手を掛けていない。

鯉口《こいぐち》を切ったのは、凶刃が迫った刹那《せつな》。

肉厚の刀身が抜き上げられた。

次の瞬間、重たい金属音が闇を裂く。

斬り付けてくるのを受け流すや、甚平はぶんと左足を振り出す。

体勢を崩した敵を目がけて、前蹴りを見舞ったのだ。

「ぐわっ」

吹っ飛ばされる年嵩の藩士に、若い二人は加勢ができない。甚平に続く助っ人が駆け付け、猛然と斬りかかってきたからだ。

続けざまに金属音が上がる。

「エイ！　ヤーッ！」

二人の敵を相手取り、一歩も退《ひ》かずに刀を振るう姿は凛々《りり》しい。

「こやつ、生意気な！」

「手加減無用ぞ！　斬れ、斬ってしまえ！」

若い藩士たちは応戦しながらも、動揺を隠せない。

十兵衛を援護しに駆け付けたのは、男装の女人だったのだ。

折り目正しく羽織袴を着け、伸ばした髪を頭の後ろで束ねている。

一見すると凛々しい青年だが、体付《せった》きは鍛えていても女性そのもの。上背があるので男の身なりもよく似合うが、雪駄履きの足は小さく、爪の先まで手入れが行き届いていた。

その名は佐野美織《さのみおり》、二十一歳。

五千石の旗本の娘で、夜叉姫《やしゃひめ》と異名を取る無外流《むがい》の剣客である。甚平と違って人を斬ったことこそ無いものの、後れを取ってはいなかった。

「うぬっ」

隙を突こうと、一人の藩士が横から斬りかかる。

すかさず美織は刀身で体をかばう。

斬ってくる敵の刃を鎬《しのぎ》――刀の側面で受け止めたのだ。

しかし、油断すれば残る一人にやられてしまう。

案の定、敵は美織の背後に廻《まわ》り込んだ。仲間が釘付けにしている隙に、バッサリ仕留めるつもりなのだ。

武士にあるまじき卑怯《ひきょう》なやり方だが、彼らは手段を選ばぬ刺客。修羅場に割って入った以上、斬られても文句は言えない。

御託を並べる代わりに美織が見せたのは、精緻な刀と体のさばきだった。

腰を入れて押し返すや、サッと背後に向き直る。

「むむっ!?」

奇襲しようとした敵が、逆に不意を突かれた形となったのだ。

動揺を覚えれば、斬り付ける刀の勢いも自《おの》ずと弱まる。

美織は軽やかに受け流し、再び前へと向き直る。

二人の攻めを続けざまに受け止め、受け流し、付け入る隙をまったく与えない。

「ひ、退けっ」

たまらずに年嵩の藩士が下知した。

刺客どもは退散する。

悶絶《もんぜつ》していた者も息を吹き返し、よろめきながら去っていく。傷を負った仲間に肩を貸すばかりでなく、息絶えた者を担いで運び去るのも忘れない。

証拠を残すのを恐れているのだ。

頼もしい二人の助太刀で、十兵衛は九死に一生を得たのであった。

二

連れて行かれた先は、門構えも豪壮な武家屋敷。

「ご遠慮は無用にござる。さぁ」

十兵衛を促し、勝手知ったる様子で先に立つのは甚平。

ここは甚平が仕える旗本の屋敷。

そこに美織の声がする。

「お待たせいたした」

十兵衛たちとひとまず別れ、美織は医者を呼びに走っていたのだ。

口うるさい町境の木戸番も、大身旗本の家紋を示せば否応も無い。

駆け付けた医者は風采の上がらぬ小男だったが、連れてきた美織の態度を見れば信頼できるのは一目瞭然。

「拙宅のかかり付けの先生にございますれば、ご懸念は無用です」

「かたじけない」

「滅相もありませぬ。十兵衛どの、今少しご辛抱なされ」

たすき掛けをしながら美織は微笑《ほほえ》む。

戦いの疲れも見せず、十兵衛を気遣う笑顔が優しい。

しかし、瓢斎《ひょうさい》と名乗った医者は無愛想そのもの。

「下がっていなよ、姫さん。そんな身支度は無用だぜ」

「いや、私もお手伝いつかまつる」

「前にも言っただろ。男が傷の手当てをするときにゃ、女は遠慮するもんだ」

「しかし……」

「いいから任せときな」

禿頭《はげ》をつるりと撫で上げ、告げる口調は遊び人さながらに伝法《でんぽう》だった。

それでいて、町医者には見えない。

市中で開業し、民を相手にする医者であれば、伸ばした髪を後ろで束ねた慈姑頭《くわい》にするはずだ。鍼医《はりい》でもないのにわざわざ剃《そ》り落とし、僧形《そうぎょう》にしているということは、大名屋敷にも出入りを許された奥医師であるらしい。

そんな大物に治療をしてもらっていいものか、十兵衛は不安になってきた。

横浜で作り方を学んできた半生かすてらが好評とはいえ、笑福堂《しょうふくどう》の内証は決して豊かではない。遥香と智音の衣食を賄《まかな》い、店賃《たなちん》と材料の支払いをすれば、後に幾らも残らぬのが常だった。

美織の口利きとはいえ、治療代はまけてくれまい。

十兵衛に都合が付く金額で収まるのだろうか――。

「おい、何をぼーっとしておる？」

戸惑う十兵衛を、瓢斎はじろりと見やる。

「お前さん、菓子職人だそうだな」

「は、はい」

「元はお武家だそうだが、今は違うんだろ」

「さ、左様にござる」

「へっ、まださむれぇ言葉は抜けてねぇのかい」

奥医師らしからぬ伝法な口調で毒づくと、瓢斎は続けて言った。

「とにかく今は職人だったら、早いとこ傷をふさぐこった」

「されど先生、手許不如意《ふにょい》にござれば……」

「馬鹿野郎、金の話なんぞは後だ、後。その指を元通りくっつけて商いを続けたいのなら、ぼやぼやしてる暇なんかありゃしないぞ」

そう言って、ずんずん奥に向かって歩いていく。

「早くしろい。足は怪我してねぇんだろ?」

背中越しに告げる口調も、必要以上にキツかった。

「気にしてはいかんぞ、十兵衛どの」

黙って見ていた美織が、取り成すように口を開く。

「実を明かせば、あの瓢斎先生もお武家あがり。口は悪いが、医術の腕前は岩井《いわい》のご隠居さまのお墨付きなのだ」

「まことか、美織どの?」

「左様。かかり付けには私の父など及びもつかぬ、お歴々も多いらしい」

「そんなご大層な先生を、拙者如きのために……」

「構わぬさ。私は十兵衛どのが大切なのだからな」

気負うことなく美織は言った。

「幾針縫うか分からぬが、大事な指をつなぐためだ。しっかり耐えてくれ」

「か、かたじけない」

微笑む美織に謝意を告げ、十兵衛は瓢斎の後を追う。

先に行った甚平は桶に水を汲《く》み、治療に使う部屋で待っていた。

「お願いいたしまする、先生」

「うむ」

一礼した甚平にうなずき返し、瓢斎は板敷きの床に腰を下ろす。

続いて十兵衛も前に座る。

畳であれば油紙をいちいち敷かなくてはならないが、板の間ならば血を流しても後で水拭きすればいい。

部屋の中には、傷を消毒するための焼酎の徳利も置かれている。

瓢斎は持参の薬籠《やくろう》を開き、針と糸を取り出す。

かくして、準備は整った。

「ご苦労さん、もういいよ」

「失礼いたしまする」

一礼し、甚平は立ち去る。

「さて、始めるか」

十兵衛は目を閉じ、傷を負った左手を瓢斎に委《ゆだ》ねた。

刀傷の手当てはキツい。

傷を作ったときにも増して、辛いのは最初の消毒。

「く……」

焼酎を盛大に振りかけられ、十兵衛は思わず顔をしかめた。

声を上げまいと堪《こら》えてはいるものの、やはり痛い。

「しっかりしなよ。まだひと針も縫っちゃいないのだぜ」

叱咤《しった》しつつ、瓢斎は針に糸を通す。

部屋には行灯《あんどん》の代わりに、蠟燭《ろうそく》が幾本も灯《とも》されていた。

行灯よりも明るい炎に、瓢斎の手にした針がきらりと光る。

「辛抱できるかね、お前さん」

「もとより、そのつもりにござる……」

「だったら口を閉じて黙っていな。唇を嚙《か》み破っても知らねぇぞ」

「し、承知」

「行くぜぇ」

一言告げるや、ずぶりと針を刺し入れる。

むろん、麻酔はしていない。

歯を食いしばり、十兵衛は激痛に耐える。

半ば麻痺《まひ》しているとはいえ、体を突き抜ける痛みは耐えがたい。

二針、三針、四針……受けた傷は思った以上に深かった。

敵の太刀筋の見切りが甘ければ刃が骨に達するどころか、指そのものを断たれていたかもしれない。

そう思えば、この程度で済んで幸いだったのだろう。

問題は、元通りに動くか否かだが――。

「さぁ、これで終《しま》いだ」

最後のひと針を縫い終え、瓢斎はぶつりと糸を切る。

「ちょいと染みるぜ」

一言断り、再び焼酎を振りかける。仕上げの消毒をすると同時に、十兵衛の手のひら全体に染みた血を洗い流すためだった。

瓢斎は傷口を清めただけではない。

わざわざ布に焼酎を染み込ませ、指の一本一本まで拭いてくれた。

「先生、何もそこまで……」

「ほら、腕の力ぁ抜いて楽にしてな」

恐縮する十兵衛を押しとどめ、瓢斎はまめまめしく手を動かす。無愛想な態度に似合わず、手つきは親身そのものだった。

「か、かたじけない……」

「いいから楽にしてろって。こいつぁお代にゃ入ってねぇから」

「ま、まことにござるか」

「安心しな。療治代なら、佐野の姫さんから先に貰《もら》ってあるよ」

「何と……」

「佐野の夜叉姫がここまで入れ込むとは、お前さんは大したタマらしいなぁ」

「いえ、左様なことは……」

「へっへっへっ、照れるな照れるな」

治療を終えた瓢斎の口調は明るい。

「俺の話、姫さんから聞いたのかい」

「は。先程承りました」

「だったら分かるだろうが、俺ぁいつもなら急な患者は受け付けねぇんだ。気心の知れねぇ者の体を、気軽に預かるわけにゃいかねーんでな……お前さん、姫さんの知り合いで良かったなぁ。へっへっへっ」

「はぁ……」

「念のために言っとくが、女からの借りは早いとこ返すこった」

「心得ております」

「まぁ、あのじゃじゃ馬の入り婿になっちまうのもよかろうぜ」

「ご冗談を。拙者は妻子ある身にござる」

「そうなのかい？　へっ、罪作りな野郎だぜぇ」

頑固者と思いきや、瓢斎は意外にくだけた男であった。

調子に乗って手を滑らせ、傷に触れたのもご愛嬌。

「い、痛《いと》うござる」

「大丈夫だ。ちっと引っ攣《つ》れただけさね……よし、こんなもんだろ」

血を拭き終えた瓢斎は、さらしを手際よく巻いていく。

傷口に塗り付けてくれた薬が効いたのか、痛みは程なく治まった。

「また来るぜ。しばらく片手しか使えねぇから不自由だろうが、辛抱しな」

「かたじけない、先生」

「お大事にな」

一言告げて立ち上がると、瓢斎は十兵衛に背を向けた。

縫合を終えた医者と入れ替わりに、現れたのは白髪頭の男。

岩井信義《のぶよし》、七十歳。

窮地の十兵衛を保護したのは将軍の御側御用取次《おそばごようとりつぎ》を長らく務め、今も幕閣の信頼が厚い信義だったのだ。

「大事に至らず何よりであったのう、おぬし」

「御礼の申し上げようもありませぬ、ご隠居さま」

十兵衛は深々と頭を下げた。

「そのまま、そのまま。動かせば傷に障るぞ」

左手まで畳に突こうとするのを押しとどめ、信義は鷹揚《おうよう》に微笑む。

「されば、お言葉に甘えてご無礼を……」

十兵衛は恐縮しながら、右手のみ突いて座礼をした。

恐れ入るのも当然だろう。

本来の信義は、こんな好々爺《こうこうや》ではないからだ。

先年に隠居するまで将軍の側《そば》近くに仕え、赤鬼と恐れられた亡き大老の井伊直弼《いいなおすけ》と激論を交わして一歩も退かず、在りし日の大久保《おおくぼ》彦左衛門《ひこざえもん》もかくやといった、古武士の如き雰囲気を漂わせる頑固者なのである。

それでいて微笑ましいのは、甘味に目が無いところ。

現職の頃には公儀御用達の商人、そして権力にあやかりたい大名や旗本から甘い貢ぎ物が毎日山ほど届き、諸国の名菓を味わう舌はもちろん、出来栄えを吟味する目も自ずと肥えた。

菓子職人泣かせの大物と十兵衛が昵懇《じっこん》の間柄になったのは、今年の初夏。

忠臣の甚平から主君のための菓子作りを頼み込まれ、工夫した一品を認められたのがきっかけだった。

以来、信義は笑福堂を贔屓《ひいき》にしている。十兵衛の腕を見込む一方、物怖じしない遥香と智音のことも気に入り、とりわけ智音を孫同様に可愛《かわい》がってくれていた。

そんな付き合いが、今宵は十兵衛の命を救ったのである。

だが、信義はただのお人よしではない。

江戸に居着いて一年半、ずっと素性を隠してきた十兵衛たちが何か事情を抱えているらしいことに、かねてより気付いていた。

何事も無ければ、信義とて暴き立てはしなかっただろう。

人にはそれぞれ、人に言えない過去がある。

昔はどうあれ、美味《うま》い菓子を作ることで江戸の人々を喜ばせる、今の十兵衛たちと気持ちよく付き合っていられれば、信義はそれで十分だった。

しかし、事は起きてしまった。

ただの菓子職人の一家が、夜討ちをされるはずがあるまい。

もはや見逃しておくわけにはいかなくなった。

これからも十兵衛たちと親しく付き合い、必要ならば救いの手を差し伸べてやりたいと思えばこそ、知らんぷりはできないのだ。

信義はさりげなく、話を切り出した。

「ともあれ、無事で何よりであったな、十兵衛」

「恐れ入りまする」

「余計な手出しをされたとは思うておらぬのだな？」

「滅相もありませぬ、ご隠居さま。ご助勢なくば拙者は命を落とし、妻子を路頭に迷わせるところでありました」

「それは違うであろう」

「は？」

「智音はそのほうの娘に非《あら》ず。家名は敢《あ》えて申さぬが、おぬしの主君だった御仁《ごじん》の忘れ形見なのであろう」

「ご隠居さま……」

「この機に聞かせてもらうぞ。おぬしの来し方を」

「…………」

しばしの間を置き、十兵衛は顔を上げた。

もはや隠し立てはできまい。

そう思い定め、告白しようと決めたのだ。

時に文久元年（一八六一）十月。

陽暦の十一月に入り、肌寒さも増す時季だった。

三

「ご存じの通り、拙者は北陸の生まれにございます。御国御前《おくにごぜん》……遥香は幼馴染《なじ》みにして、拙者が御上《おかみ》に仕える前から側室に迎えられておりました」

その一言を皮切りに、十兵衛の話は過去にさかのぼった。


「小野！　十兵衛はおらぬか！」

初夏の陣屋に、甲高い声が響き渡る。

十兵衛の主君は、加賀百万石の支藩を治める大名だった。

大名といっても城は持たず、代々の住まいは小高い山の上にある、乱世の古城の跡に構えた陣屋。城を持つことを許されていないのは、同じく加賀藩主の前田《まえだ》家に連なる、大聖寺《だいしょうじ》藩十万石と同様だった。

当時の藩主は、まだ二十代。

潑剌《はつらつ》とした好青年だが、気が短いのが玉に瑕《きず》。

「どこに居るのだ、早《はよ》うせい！」

呼びつける声は、明らかに苛立《いらだ》っている様子。

「ははっ」

ようやく十兵衛が姿を見せた。

急ぐ様子でもなく、ゆるゆると廊下を渡ってくる。

「うぬっ……」

吹き渡る薫風《くんぷう》の中、若き藩主は仁王立ちになって青筋を立てていた。

前田慶三《けいぞ》、二十七歳。

甘味が切れると機嫌の悪くなる青年は、下村《しもむら》藩一万石の大名だ。

能登半島の内陸部に位置する下村藩は、元禄八年（一六九五）に廃藩となったのを機に、天領に編入されることが決まっていた。

それが時の将軍だった五代綱吉《つなよし》公の格別の計らいにより、支藩として加賀百万石の金沢藩に組み込まれたのである。

治める藩主がいなくなった領地が幕府の直轄となり、江戸から派遣された代官が統治するのは珍しいことではない。下村藩もそうなるはずだったのが一転し、綱吉の肝煎りで新たな藩主が置かれるに至ったのだ。

慶三の代まで連綿と続く藩主は、戦国の昔に文武の両道で名を馳《は》せた前田慶次《けいじ》の子孫たち。

下剋上《げこくじょう》の乱世に敵味方から漢《おとこ》の中の漢として崇《あが》められ、一流の文化人でもあったため、文人肌の綱吉も敬愛して止《や》まない伝説の英雄だ。

慶次が加賀百万石の祖である叔父の利家《としいえ》と決別して去った後、国許に残してきた嗣子の正虎《まさとら》は男児に恵まれず、嫡流は絶えたとされていた。ところが実は妾腹《しょうふく》の男の子が存在し、前田家に仕えていたのである。

思わぬ事実を知った綱吉は考えた。

一万石を天領に組み込んで、多少なりとも公儀の収入を増やすべきか。

それとも、稀代《きだい》の英雄の末裔《まつえい》に日の目を見させてやるべきか。

五代将軍の威光を以《もっ》てすれば、一介の藩士を大名に取り立てるのも容易《たやす》い。

しかも下村藩領内の鹿島郡《かしまごおり》には、慶次が出奔前に家族と共に住んでいた屋敷の跡がある。子孫に再び与えるにはふさわしい地と言えよう。

後の世の将軍であれば、そんなことは考えまい。関心すら示さず、万事を老中に任せていただろう。

しかし、綱吉は常識に囚《とら》われぬ質《たち》。

良しと思えば何であれ、実行に移さずにはいられない。

気まぐれな権力者のすることは、悪い結果ばかり生むとは限らぬもの。

このときの綱吉の行動は吉と出た。

渋る前田の本家を説き伏せて、長らく世に埋もれていた伝説の英雄の子孫を独立させたのだ。

以来、下村藩は加賀百万石の支藩として続いている。

残念ながら立場は弱く、幕府はもちろん、前田の本家にも逆らえない。

大名といっても一万石では城も持てず、吹けば飛ぶような存在だ。いつ取り潰されるか分からぬのだから、何につけても弱腰なのは無理もあるまい。

だが、慶三は若いながら強気そのもの。

在りし日の御先祖――前田慶次に、よく似ていた。

道理に合わないことは強いられても聞き入れず、誰に対しても思うところをずけずけ言う。

慶三の気の強さは、前田の本家はもとより幕府にまで知られていた。その名も御先祖の慶次を尊敬して止まず、あやかりたいと願う余りに、元服するときに自ら付けたものだった。

そんな藩主の側近くに仕える十兵衛も、その頃はまだ若造。

しかも、十兵衛は末っ子だった。

小野家は台所方《だいどころかた》として、主君の食事係を務める一族。刀ではなく包丁を振るう腕を磨くことを代々の使命とし、日々の御奉公に励んできた。父親がまだまだ現役で頑張っており、跡継ぎは一番上の兄と決まっていた。

家督を受け継ぐ立場から外れており、本来は出仕など許されぬ立場でありながら陣屋に日参できるのは、家伝の料理よりも菓子を作ることに才を発揮し、甘味好きの慶三に腕を見込まれたからだ。

とはいえ、正式な御菓子係に抜擢《ばってき》されたわけではない。

あくまで非公式な存在だったが、若き藩主の一存により、側近くで仕えることを許されたのである。

上《うえ》つ方《かた》に気に入られる条件は、有能であると同時に機敏であること。

いつも即座に反応するのに、今日の十兵衛はいつになく遅い。

口にした言葉も、要領を得ていなかった。

「はて、何でございまするか御上」

「知れたことを聞くでない、阿呆《あほう》め！」

もはや苛立ちを隠せなくなり、慶三は十兵衛を怒鳴り付ける。お付きの小姓たちが思わず震え上がるほど、大きな声だった。

しかし、十兵衛は平気の平左。

慶三の一喝を受け流すや、抜け抜けと言上《ごんじょう》する。

「御用をお申し付けいただかなくては、何をいたせば良いのか分かりませぬ」

「まことに分からぬのか？」

慶三は呆気《あっけ》に取られ、首を傾げた。

十兵衛の勘働きの良さは、かねてより承知の上。

何も言わずとも、好みの菓子をいつもサッと拵《こしら》えて持ってくる。

万事に気が利くため、慶三としては甘味役に専念させたい半面、できれば小姓も兼任させたいほどであった。

だが、今日の十兵衛は融通が利かぬ言動ばかり。

「解せぬなぁ。いつも察しの良いそちが、何としたのだ」

「申し訳ございませぬ。少々熱が出てしまいまして……」

「それはいかんな。大事ないのか、十兵衛」

「ご心配くださるのですか、御上」

「当たり前だ。さもなくば、そちを側近くに置きはせぬ」

「恐れ入りまする」

十兵衛は深々と頭を下げた。

しかし、続く言葉は不遜《ふそん》なもの。

「左様な次第なれば、ご所望の儀は間違いのう承りたく存じまする」

「何だと……」

さすがに慶三もムッとした。

「生意気を申すでない。何事も先に察して動くのが臣下の心得であろう」

「恐れながら、凡百《ぼんぴゃく》の身には思い違いということがございます」

「そちもか、十兵衛？」

「ははっ。重々気を付けてはおりまするが、はきと申していただかねば御心を読み違え、お望みに非ざる御菓子ばかりお持ちいたすやもしれませぬ。御上、それでもよろしいのですか」

「ううむ、それは困る」

「されば事細かにお申し付けくだされ。他の方々にも、どうかご同様に」

「ふん、それが言いたかったのか……」

慶三は思わず苦笑する。

傍らに控えた小姓たちがホッとする様子を、目の隅で見て取ったのだ。

彼らには口が裂けても言えぬ要望を、代わりに提案したのである。

十兵衛も無茶をするものだが、こんな真似《まね》が許されるのも、日頃から藩主の信頼を勝ち得ていればこそ。

「分かった分かった。それにしても、大きな声を出したら腹が減ったぞ」

せがむ慶三の口調は、無邪気な子どものようだった。

先程までの傲慢さは、どこにも見当たらない。

「何をお持ちいたしまするか、御上」

「そちに任せる」

「よろしいのですか？」

「ははは、許せ。これればかりは、事細かに申し付けてしもうては面白うない」

戸惑う十兵衛に、慶三は笑って答える。

「菓子も料理も、何が出てくるか分からぬのが楽しみなのだ。そちの拵えてくれる品は尚《なお》のことぞ」

慶三の笑顔に嫌みは無い。

心から相手を信頼し、すべて任せていればこその態度であった。

「恐れ入りまする」

十兵衛は深々と一礼した。

慶三の言葉は、口先だけのこととは違う。

猜疑《さいぎ》心が人一倍強いにもかかわらず、十兵衛が手掛けた菓子に限っては、日頃から進んで毒味をさせようとはしない。

もちろん周囲が放っておかず、陣屋に常駐する毒味役はいつも気付かれぬように立ち回り、慶三の口に入るものはすべて、事前の確認を怠らずにいる。十兵衛が毒を仕込むことなど有り得ないと分かっていても、そうするのが使命だからだ。

「長話はいかんな。余計に腹が空くわ」

慶三がぼやいた。

「早《はよ》う頼むぞ、十兵衛」

「ははっ」

日々の甘味作りを担う身として、十兵衛は晴れがましい。

こうして信頼を寄せられていればこそ、我儘《わがまま》を聞き、腕を振るう甲斐《かい》もあるというものだ。

「されば、しばしお待ちを」

十兵衛は速やかに廊下を下がっていった。

来たときと違って、動きは素早い。

向かった先は、陣屋の台所。

頃はお昼を過ぎ、八つ時（午後二時）のちょっと前。

御食事係の父と兄は慶三の中食《ちゅうじき》の片付けを済ませ、とっくに休憩に入っていた。

好都合なことだった。

慶三が我が儘を言い出せば調理中でも片隅に割り込み、文字通り肩身の狭い思いをしながら菓子を作らなくてはならないが、今時分なら一人きり。

されど、伸び伸びとしてはいられない。

機嫌を直してくれたものの、慶三を長く待たせるわけにはいかなかった。

慶三は文武の両道に秀でていて、頭脳も明晰《めいせき》。

しかし、短気すぎるのが玉に瑕。

甘味を供するのが遅れれば、お付きの小姓たちが八つ当たりをされてしまう。

気の毒なことである。

十兵衛自身が不手際で責められるのなら構わぬが、何の落ち度もない者を酷《ひど》い目に遭わせてはなるまい。

それにしても、近頃の慶三は機嫌が悪すぎる。

癇癪《かんしゃく》を起こしがちなのは今に始まったこととは違うが、些細《ささい》なことで周囲の者に当たり散らすようになったのは、藩主の座に就いてから。

とりわけ最近は感情が乱れがちで、落ち着かせるのに菓子が欠かせない。十兵衛が側近くに仕えるようになったのも、そんな事情があればこそだった。

小姓がこっそり教えてくれたところによると、このところ慶三は藩の重役たちに思うように反撃できず、苛立っているという。

藩の重役とは江戸家老と国家老、および彼らに連なる役人衆のことである。

そして慶三は藩の政治を家臣任せにせず、進んで口を出す質。

重役たちにしてみれば、当然ながらやりにくい。

的外れな意見をされるだけならば適当にあしらっておけばいいが、慶三は実情を把握した上で意見してくるので、都合よく事を進めるわけにもいかなかった。

たとえば江戸家老の横山外記《よこやまげき》が藩邸の経費増を要求し、やむなきことと認めた国家老の津田兵庫《つだひょうご》が金策のために領民の暮らしを締め付けようとしても、慶三が反対の姿勢を崩さぬ限り埒《らち》が明かない。家老といえども臣下である以上、藩主の意向には逆らいがたいからだ。

しかし、江戸表と国許をそれぞれ牛耳る二人の家老は老獪《ろうかい》だった。

最近の慶三が責められ、意見を封じる切り札に使われているのは、まだ跡継ぎがいない件。

正室を迎えて久しいにもかかわらず、慶三は子宝に恵まれていなかった。

夫婦共に健康でありながら懐妊の兆しは一向に無く、しかも正室は幕府の人質として江戸の藩邸に置かれているため、会えるのは参勤中の一年間のみ。国許で御国御前――側室を寵愛《ちょうあい》するのはいいが、授かったのは女の子のみ。跡継ぎの男児を未だに得られずにいるのは、一国の大名としていかがなものか。

そんなことを言われれば、強気な慶三も二の句が継げなくなってしまう。

家名の存続は、武家の当主に課せられた一番の義務。

将軍や大名ならば、尚のことだ。

どれほど馬鹿殿であろうと、跡を継げる丈夫な男の子さえ作れれば、当主として責任の大半を果たしたと言っていい。

逆に、当人がどんなに優秀でも、跡継ぎがいなければ非難をされてしまう。

正室が一向に子宝に恵まれず、ならばと遥香を御国御前に据えたのに、生まれたのが娘のみとは何事か。

智音を溺愛するばかりでなく、一日も早く弟を、できれば正室との間に誕生せしめてほしいと、慶三はいつも家老たちから責められていた。

子どもとは、大人たちに利用されるために生まれて来るわけではない。

愛の結晶なればこそ、授かる命も尊いのではないか――。

そんな考えを持つ慶三にとっては、耐え難い非難である。

自ずと心労は募る一方。

癇癪を起こすことでしか憂さを晴らせぬのも、無理からぬ状況であった。

原因が分かってみれば、十兵衛も心配せずにいられない。

(見た目と違《ちご》うて、純なお方であるからなぁ……遥香……いや、御国御前もご苦労が絶えぬことであろうよ……)

ともあれ、十兵衛が為《な》すべきは速やかに菓子を拵え、供することである。

本日は藩の老獪な重役たちと中食を共にしたので落ち着かず、警戒してほとんど箸を付けていないはず。空腹でいらいらするのも無理はない。

こういうときにはサッと作れて、パッと食べてもらえる一品に限る。

つぶあんをあらかじめ仕込んでおいたのは幸いだった。

台所に立ち、十兵衛は速やかに動く。

小麦粉に黒糖を溶かし入れ、火に掛けた鉄鍋に薄く菜種油をひいていく。

西日の射《さ》す台所に、しゃーっと軽やかな音が流れる。

きめの細かい生地は、火の通りも早い。熱々に焼き上がった生地でつぶあんを包み、紙を敷いた器に載せれば、慶三が愛して止まないどら焼きのできあがり。

後の世のものと違って、形は四角い。

どら焼きは、江戸城下の麴町に古くから店を構える『助惣』が売り出し、評判となった菓子。十兵衛が拵えたのは生地を焼いて薄く伸ばし、適量のあんを包み込むという昔ながらの作り方だが、江戸では小麦粉の生地であんをサイコロ状に包み、表面をかりっと焼いて仕上げる「みめ（見目）より」も売られていた。

十兵衛が生地を薄く焼き上げ、あんこの量も加減したのは、甘味はあくまで間食――食事と食事の間のつなぎと位置付けていればこそだった。

慶三は十兵衛の甘味に目が無く、ついつい食べすぎてしまいがち。

味わい深い小豆あんを使った菓子はとりわけ好物で、今日の如く苛立っていれば尚のこと、怒りを収めるために過食するのが常である。

自分の作った菓子を喜んでくれるのは嬉しいが、腹一杯になってしまって夕餉《ゆうげ》を残されるのは望ましくない。御食事係の父と兄たちが日々丹誠《たんせい》を込めて供する膳の料理もしっかり味わい、明日の公務を乗り切る活力の源にしてほしい。

そう願えばこそ、多すぎず少なすぎず、常に量を加減しているのだ。

湯気の立つどら焼きを、十兵衛は手際よく盛り付けていく。

薄焼きにした生地の端のところをちょっと裂いて小皿に取り分けたのは、後ろで箸を片手に待っている、毒味役に渡すためだった。

慶三にとって、甘いものは食事と別腹。

今日はたまたま八つ時だったが、ふだんは赤ん坊が乳を求めるのに似ていて間隔が短い上に、欲しがる時間が定まっていない。そのため毒味役が交代で一名陣屋に詰め、十兵衛が拵えた菓子をその場で試すのが常だった。

慌ただしいが、答えはいつも決まっている。

どら焼きの切れ端をもぐもぐするや、毒味役は満面の笑み。

「結構なお味にござる！」

毒を仕込まれたかと疑い、警戒していれば、こんな笑顔など浮かべられまい。

「かたじけない」

一礼し、十兵衛は台所を後にした。

器を捧《ささ》げ持ち、慶三の許へと急ぐ。

背筋を伸ばし、顎《あご》を上げ、姿勢正しく廊下を進む動きは迅速そのもの。こういうときは菓子作りの修業と別に熱中してきた、剣術修行の足さばきが役に立つ。

慶三は折り目正しく膝を揃《そろ》え、菓子の到着を大人しく——内心ではわくわくしながら待っていた。

大名らしく威厳を保とうとしながらも、頬の緩む様が微笑ましい。

「どうぞ」

まだ湯気の立っているどら焼きを懐紙でくるみ、十兵衛は謹んで差し出す。脚の付いた膳に載せて運んできたのを、食べやすくして供したのだ。

「大儀」

一言ねぎらい、慶三は受け取る。

それ以上は何も言わず、一口がぶり。

更に一口。

もう一口。

「うむ、うむ……」

夢中でかぶりつくのを見守りながら、十兵衛は次のどら焼きを懐紙でくるむ。

慶三がホッと一息吐《つ》いたのは、二つ目を平らげた後だった。

「まことに美味い！　美味であったぞ、十兵衛！」

「恐れ入りまする」

うやうやしく十兵衛は頭を下げる。

相手が誰であれ、丹誠を込めた菓子に舌鼓を打ってもらえるのは嬉しいものだ。

決して、大名だから作り甲斐があるわけではない。

十兵衛は慶三の食べっぷりが好きだった。

若いながらも真剣に藩の政務に就いており、老獪な重役たちに丸め込まれまいと気を張っているのが、運ばれた菓子を目の前にしたとたん、たちまち子どものようになってしまうのも微笑ましい。高級な名菓にこだわらず、手軽に作れる焼き菓子も気に入れば飽きることなく所望する。

そんな慶三のためには、日々の心労が少しでも軽くなるように甘味を切らさず、いつでも用意できる備えが欠かせなかった。

「うむ……うむ……ほんのりした甘みが堪らぬなぁ」

三つ目のどら焼きをぱくぱく頬張りながら、慶三は相好《そうごう》を崩す。他の家臣たちにはまず見せない、くつろいだ表情であった。

「どら焼きはいい。毎日食うても飽きぬわ」

「御意」

「遥香と智音にも持っていってやりたい。後ほど用意いたせ」

「心得ました」

「だが十兵衛、明日は少々変わったものが食いたいぞ」

「ははーっ。御心のままにお申し付けくださいませ」

そんな微笑ましいやり取りを、十兵衛は毎日繰り返してきた。

手間がかかったのは事実である。

短気で我が儘だったため、藩の重役から駕籠《かご》を担ぐ陸尺《ろくしやく》に至るまでの家中の人々の中には、嫌気が差していた者も多いはず。

だが十兵衛にとってはこの上なく、望ましい存在だった。

出来ることなら老いて指が満足に動かなくなり、御役御免にされるまで、あの人のために菓子を作り続けたかったと思う。

今は亡き慶三こそ、十兵衛にとっては無二の主君だった。

しかし当代の藩主である正良《まさよし》の印象は薄く、忠義を尽くしたいと思えない。

「ご当代をご存じですか、ご隠居さま」

「むろん覚えておる。随分と負けん気の強い御仁であったな」

信義は苦笑した。

「おぬしと初めて出会《でお》うた、あの折はすまなかったの」

「滅相もありませぬ」

十兵衛は慇懃《いんぎん》に頭を下げる。

最初に信義と顔を合わせた場所は、江戸の藩邸。

亡くなった慶三の跡を継いだ弟の正良はその頃、まだ二十歳《はたち》前の青年だった。

兄と違って甘いものに微塵《みじん》も興味を示さず、十兵衛を側近くに置こうともしなかったのが、参勤で在府していた江戸までわざわざ呼び出し、期待を込めて腕を振るわせたのは、甘味好きで有名な信義をもてなすために、菓子を献上しようという話が持ち上がったからである。

正良がそんなことを考えた目的は、将軍のお気に入りの信義に認められ、自分の株を上げること。知恵も経験も豊富な家老たちに負けまいとする若者らしい野心であり、藩そのものの威信が懸かっている以上、十兵衛も否やは無かった。

しかも、正良はこう言ったのだ。諸国の名菓を食べ尽くした信義を唸《うな》らせることが出来たときには、改めて御菓子役に抜擢する――と。

慶三が亡くなって陣屋への出入りを差し止められ、再び肩身の狭い部屋住みとして過ごすことを余儀なくされていた十兵衛にとっては、思いがけず転がり込んだ出世の話。滅多に無いことだけに、当の十兵衛にも増して父や兄たちが躍起になったのも無理はあるまい。

しかし、結果は惨敗だった。

信義は碌《ろく》に口も付けずに席を立ち、正良は大恥を掻《か》かされたのである。

藩の威信を懸けた接待が台無しになったのだ。

その後、十兵衛が家中で立場を無くしたのは言うまでもない。

御菓子係に登用される話が立ち消えになったのはもちろん、小野家代々の台所方の役目まで、一時は取り上げられかけたものである。

当時はいろいろ大変だったが、今となっては過ぎたこと。

そう思っていれば、腹も立たない。

「何事も拙者の修業不足が招いた次第。どうかお忘れくだされ」

微笑む十兵衛に、悔いはなかった。

たしかに苦い記憶である。

十兵衛は信義にけなされた。

そのせいで出世の機を失ったのも、事実である。

しかし、もはや誰のことも恨んではいない。

あれで良かったのだと、心から思っている。

「左様か……」

そんな本音を告げたところ、信義は感じ入った様子でうなずく。

「見上げた心がけぞ、十兵衛」

「恐れ入りまする」

改めて十兵衛は頭を下げる。

しかし、信義とて手放しに褒《ほ》めてくれたわけではなかった。

「ひとつ訊《き》いてもよいか」

「何でありますか、ご隠居さま」

「おぬしにとって、遥香は何じゃ」

「そ、それは……」

「憎からず想うておるならば、はきと申せ。一つ屋根の下で共に暮らしておるのだろう?」

「は……」

十兵衛は言いよどんだ。

子細を承知のはずなのに、信義も人が悪い。

それにしても、解せぬことである。

相手の弱みに付け込み、好奇心に任せてあれこれ立ち入ったことを根掘り葉掘り訊いてくるほど、信義は下世話な人物ではないはずだ。

十兵衛の窮地を救った上に怪我の手当てまでしたのを恩に着せ、これまで伏せてきた過去を敢えて暴き立てようとするはずがあるまい。

訳が分からず、十兵衛は困惑する一方だった。

「何とした? 早《はよ》う答えよ」

「…………」

遥香と智音を連れて脱藩した理由を問い質《ただ》すのなら、まだ分かる。

なぜ、遥香との仲にばかりこだわるのか。

「それだからいかんのだ、しっかりせぬか」

困惑を隠せずにいる十兵衛に、信義は続けて語りかけた。

「おぬしは男ではないか？　そろそろ形ばかりではなく、腰を据えて一家を構えることを考えてみてもよかろうぞ」

どことなく、独り身の息子を説教する父親のようである。

「儂が見受けるに、おぬしらは互いに遠慮が多すぎる。有り体《てい》に申さば、主従にしか見えておらぬぞ」

「ご隠居さま……」

「いつまでもあやふやにしておいてはいかんな。少しは女心を気遣《きづこ》うてやれ」

言葉を切って、ニッと信義は笑う。

何を言われていたのか理解し、十兵衛も微笑んだ。

助けた遥香を養うばかりでなく、共に暮らすのなら仲良くしろ。

要するに、信義は二人の仲を案じてくれていたのである。

気持ちは嬉しいが、そういうことであれば答えは決まっていた。

「ご心配は無用に願いまする、ご隠居さま」

「何と申す？」

「お気持ちは有難き限りなれど、拙者と御国御前……遥香は、きょうだいも同様に育った仲にございますれば、あれを女と思うたことはありませぬ」

言い切る十兵衛の口調は落ち着いたもの。

すべてを捨てて脱藩するに至ったのは、ふたつの動機があればこそだった。

ひとつは、慶三を失ったこと。

もうひとつは、遥香のこと。

もちろん、信義が考えているような間柄とは違う。

毅然《きぜん》とした態度で語った通り、やましいことなど何も有りはしない。

しかし、世間の見方は違うらしい。

男が女に尽くすのは、いずれ我がものにしたいと思えばこそであり、すべて下心の為せる業。暮らしに困った女ばかりか幼い娘まで手許に引き取り、長らく面倒を見てきた上で、いざとなれば刺客と命懸けで戦うことも辞さぬ十兵衛に、他の理由など有るものか――。

信義ほどの傑物にさえ、そんな誤解をされてしまうのだ。

昨日今日に始まったことではない。

遥香と智音を助けて脱藩し、江戸を目指していた頃も同様であった。

十兵衛は身の丈こそ高いものの童顔で、側室ながら大名の妻らしい気品と貫禄《かんろく》を持つ遥香と並べば、貫禄が足りぬのは一目瞭然。

それはそれで高貴な女人が娘を連れ、お供の侍を従えて旅をしていると見なしてもらえれば良かったのだろうが、下村藩から江戸に辿《たど》り着くまで、まともな道中をしたわけではない。

昼夜を問わず襲撃に遭い、休息するのもままならぬ日が続き、汗と埃《ほこり》にまみれた三人の姿は誰の目にも怪しく映ったものだった。

よそ者を見れば怪しみ、白い目を向けがちなのが人の性である。十兵衛は道中の立ち寄る先々で不義者と決め付けられ、遥香は身を汚されても自害せず、夫以外の男と行動を共にしている恥知らずと見なされて、討手から匿《かくま》ってもらえるどころか冷たく追い払われてばかりだった。

ただでさえ人見知りの激しい智音が幼い心を痛め、十兵衛を元凶として憎み、母の遥香しか信用しなくなったのも無理はない。

苦難だらけの流浪の暮らしを脱したのは一年半前。討手から逃れるには人の多い江戸がいいと十兵衛が判じ、深川元町に居を構えてからのこと。

店を開いて甘味屋の商いを始めたのも、日々の糧《かて》を稼ぐためだけとは違う。人目を避けることなく堂々としていたほうが、同じ誤解をされるにしても受ける痛手は軽く済むと十兵衛は気付いたのである。

江戸に辿り着くまでの道中で、十兵衛と遥香、そして智音は、世間から白い目で見られることほど恐ろしいことはないのを、嫌というほど思い知らされた。

人目に付かぬし店賃も安いからと裏長屋などに引っ込んでいても、隣近所の住人たちに駆け落ちした不義者に違いないと噂《うわさ》され、討手に嗅《か》ぎ付けられてしまっては元も子もあるまい。

ある意味、世間の目は刺客の刃よりも手強い。

不意に斬り付けられても剣の腕さえ立てば受け流せるが、人の口に戸を立てて噂を封じることなど出来ないからだ。

ならば最初から防ごうとは考えず、他人からどのように見えていようと、堂々としていたほうがいい。

そんな割り切りが功を奏し、十兵衛たちは江戸に居着くことが叶《かな》った。居場所を下村藩に嗅ぎ付けられ、刺客を送り込まれるようになっても、そのたびに近所には気付かれぬように撃退し、何とか毎日を凌《しの》いできた。

だが、穏やかな日々も長くは続かなかった。

敵はいよいよ本腰を入れ、遥香の口を封じようとしている。

阻止する十兵衛ばかりか、幼い智音まで亡き者にするつもりなのだ。

こんなときに、信義から誤解を受けたままでいたくはない。

十兵衛は信義を見返した。

「お聞きくだされ、ご隠居さま」

「何事じゃ、改まって」

まだ信義はにやにやしていた。

何も十兵衛と遥香を貶《おとし》めたいわけではなく、好意で言ってくれているのだろう。

気持ちは嬉しいが、有難迷惑と言わざるを得まい。

「重ねて申し上げまするが、拙者と遥香は断じて、深い仲ではありませぬ」

「まことか」

信義は怪訝《けげん》そうに十兵衛を見返す。

「されば何故、ここまで体を張ったのだ？」

「この身に代えても護《まも》らねばならぬと、思い定めております故」

「それはまた、何のためじゃ」

「御上の御為《おんため》にございまする」

「おぬしを重く用いた、亡き主君に報いるためと申すのか」

「はい。断じて他意はありませぬ」

「成る程のう、まことに幼馴染みであったのだな……」

「左様にございまする」

十兵衛は深々とうなずいた。

屋敷が隣同士であった十兵衛は、よちよち歩きの頃から遥香を知っていた。女の子の常で何かにつけて年上ぶり、三歳下の十兵衛が立ち歩くようになっても赤ん坊扱いをして悦に入り、姉気取りだったものである。

「ははは……可愛いことだ」

そんな子ども時分の話をすると、信義はたちまち頬を緩めた。

「さぞ可憐《かれん》な少女だったのであろう。智音を見ておれば、よう分かる」

「まさに瓜二つにございました」

「さもあろう、さもあろう」

信義は納得した様子でうなずく。

たしかに、幼い頃の遥香は、智音とそっくりだった。

並外れて美しくなったのは、十歳を過ぎてからのこと。

背が伸びだすと同時に目鼻立ちも整い、急に大人びてきたのである。

男子の元服に当たる髪上げの儀を済ませ、髷《まげ》を結うようになった遥香は上級藩士の娘の常として行儀見習いのため陣屋へ奉公に上がり、慶三の目に留まった。

良くも悪くも気の短い慶三は、何であれ即断即決。

すでに正室を迎えていたが、国許にも側室が必要だ。

側室探しは、下村藩一万石の浮沈にかかわる大事だった。

若く見た目がいいだけで、務まる役目ではない。

短気な慶三を落ち着かせ、癒《いや》すことのできる、性格のいい女人でなければ跡継ぎの誕生など望めぬからだ。

我が儘放題で育った大名や旗本の息女では、まず無理である。

となれば慶三を主君として敬う習慣が自然と身に付いている、家中の娘たちの中から選ぶべし。

そこで候補に挙がった何十人もの中から選ばれたのが、遥香だったのだ。

遥香の両親にしてみれば、一人娘が主君の目に留まったのはこの上なき誉れ。

十兵衛も、これは良縁に違いないと喜んだ。

遥香が心身ともに健やかに育った、世の男たちにとって理想の女人であることは幼い頃から接してきた十兵衛が、誰よりも承知していた。

夫婦になれれば、どんなに幸せなことだろう。

しかし今、遥香を真に必要としているのは十兵衛ではない。

武家の当主は、跡継ぎを作る責任を担う身。

しかも、慶三は一国の大名なのだ。

その肩には、さまざまな重圧がのしかかっている。

大勢の家来と領民を養う立場というだけでも、大変なのだ。

凡百の男が同じ立場になったところで、一日と持たぬだろう。

慶三にのしかかる重圧の最たるものは、やはり跡継ぎの問題。

男女の別を問わず、子宝さえ授かれば、少しは気分も軽くなるはずだ。

正室が遠く離れた江戸にいる以上、側室を持つのは必要なことである。

しかも遥香の如く、出来た女人こそが望ましい――。

また、遥香にとっても御国御前となるのは、藩士の娘として最高の出世である。

側室といっても妻同然であるのだし、心がけのいい遥香が粗略に扱われるはずもないだろう。

やはり、この縁談は祝福すべきものなのだ。

そこまで思案した上で、十兵衛は現実を受け入れた。

かくして遥香は下村藩の御国御前となり、慶三の寵愛を一身に集めたのだった。

「成る程な……幼馴染みなればこそ幸を願い、気持ちよう送り出したのか……」

話を聞いた信義は、感慨深げにつぶやいた。

「おぬしは出来た奴だな、十兵衛」

「左様でありましょうか」

「左様、左様。まことに感心なことぞ」

信義は微笑んだ。

穏やかな笑みを絶やすことなく、言葉を続ける。

「主君と申せど他の男に愛しい女を譲るとは、なかなか出来ぬことじゃ。元の鞘《さや》へ収まって何よりであったの。はははははは」

「はぁ……」

十兵衛は溜め息を吐いた。

「恐れながらご隠居さま、拙者は何も」

「ははは、勿体《もったい》をつけずともよかろうぞ。正直になるがいい」

十兵衛が困った顔になっても、信義は平気の平左。

(若いのう……。護りたいのは惚《ほ》れておればこそよ。こやつ、己のことが分かっておらぬわ)

そう確信しているから、幾ら否定されても気にしないのだ。

対する十兵衛は、静かに息を吸う。

「ご隠居さま、この先は嫌なお話をいたさねばなりませぬ」

「ん」

信義はうなずいた。

とぼけているようでいて、裏には思惑がある。

十兵衛の告白がここまで来れば、その件に触れてくるのは承知の上。おおよそのことは甚平を使って調べ済みだったが、事の真相は当人から聞きたかった。

隠居したとはいえ、信義は幕府を支える立場。

支藩ながら将軍家とのつながりが強い、加賀百万石にお家騒動があったと知ったからには放っておけない。

これは、好みの菓子を作ってくれることとは別問題。

当事者の口から、真実を聞き出したい。

しかし、十兵衛は黙り込んでいた。

もしや、こちらの思惑に気付いたのか。

水を向けるべく、信義はさりげなく口を開く。

「……おぬしの主君が空《むな》しゅうなられたことか」

「は」

言葉少なに答える十兵衛は、表情も暗かった。

無理もあるまい。

それは思い出すだけでも辛くなる、忌まわしい事件だった。

風邪ひとつひかぬ慶三が四年前に急死したのは、実は毒を盛られての暗殺。

そして、何と黒幕は遥香と決め付けられてしまったのだ。

主殺《しゅう》しは大罪である。

しかも主君の子を産んだ側室が、殺害を指示するとは言語道断。

これまで遥香を敬愛し、下々の者にも慈悲深い御国御前として称えてきた家中の人々も、もはや支持するわけにはいかなくなった。

一昨年に遥香が智音ともども捕らえられ、死罪こそ免れたものの、座敷牢で生涯過ごすことを科せられたのも、やむを得ぬ次第だったと言えよう。

「それにしても解せぬの、遥香……いや、御国御前がなぜ黒幕とされたのだ？」

信義が疑問を抱いたのも当然だろう。

やんちゃな主君を成長させるために一役買った遥香が、毒殺することなど有り得まい。

側室とはいえ、主君に仕える身であるのに変わりはない。

まして、遥香は代々の家臣の娘。

根っからの武家女が、主君を裏切るはずがなかった。

中には欲得ずくで魂を売り渡し、自ら外道となる悪女もいるのだろうが、少なくとも遥香は当てはまるまい。

智音に懐かれ、母親にしっかり育てられた娘だと実感している信義なればこそ、余計にそう思えるのだ。

それに側室とはいえ、藩主の寵愛を受けた女人に縄を打つとは大事である。

たしかな証拠が無くして、出来ることとは違う。

信義が今一度、念を押したくなったのも無理はない。

「とても信じられぬ。しかと調べを付けた上での裁きであったのか？」

「…………」

十兵衛は無言のまま、信義を見返すばかり。

彼自身、もとより信じていないのだから当然だろう。

思い出すのも辛かったが、ここまで来れば子細を語らぬわけにもいくまい。

「……ご隠居さまに申し上げまする」

しばしの間を置いて、十兵衛は口を開いた。

真の下手人《げしゅにん》を憎む気持ちは、誰よりも強い。

慶三の命を奪い、遥香に罪を着せただけでも許しがたいというのに、更に罪深い真似をしたからだ。

十兵衛に菓子を用意させて毒を仕込み、慶三に警戒させずに口にさせるという、姑息きわまる手段を用いたのである。

あの日のことを思い起こすたび、十兵衛は怒りを募らせずにはいられなかった。

真っ先に疑われたのも、甚《はなは》だ不本意な話である。

幾日も御陣屋内に留め置かれ、厳しく訊問されたものだが、慶三を殺害するなど身に覚えが無いどころか、考えたことさえ有りはしない。

遥香の計らいで何とか無罪放免とされたものの、十兵衛の無念は未《いま》だに尽きない。

敬愛する主君の命を奪った奴が憎い。

しかも、十兵衛が拵えた菓子が利用されたのだ。

慶三が警戒することなく口にするのを承知の上で、敵は毒を仕込んだのだろう。

絶対に許せることではない。

願わくば敵を討ちたいが、菓子を作る身で人を斬るのは憚《はばか》られる。

そんな悩みを抱えていた十兵衛が今宵、刺客を斬り捨てた上で自らも傷を負ったのは幸か不幸か――。

ともあれ今は淡々と、信義に過去を打ち明けるのみだった。

「ううむ、たしかに許せぬことじゃ」

顔をしかめる信義は、旗本の仲間内でも有名な甘味好き。

菓子とは貧富貴賤のすべての人が、それぞれに味わって楽しむべきものである。

殺しの道具に使うとは、許しがたい。

「その菓子とは何だったのだ、十兵衛」

「嘉祥の御菓子にございまする」

「嘉祥……」

信義は目をぱちくりさせた。

意外な言葉を耳にしたからである。

嘉祥とは、幕府の式日。

元は宮中の行事であり、七嘉祥と呼ばれる七種の菓子を帝と臣下が贈り合うのに倣《なら》い、江戸城に集めた諸大名に将軍が菓子を振る舞う。

前田家は嘉祥を重視し、国許においてもまんじゅうを始めとする名菓の数々を家臣たちに振る舞った。その習慣が支藩でも行われていたのだ。

「されば、嘉祥の菓子を召し上がられて事切れたのか」

「左様にござる」

「ところで十兵衛、辻褄《つじつま》が合っておらぬのではないか」

信義が話を戻した。

「おぬしの主君が空しゅうされたのは四年前であろう。そして遥香に主殺しの嫌疑がかけられ、捕らえられたのは一昨年……何故、二年も経《た》って罪に問われる羽目になったのだ？」

とぼけて問うたわけではない。

それは密《ひそ》かに甚平を江戸から旅立たせ現地へ潜入させたものの、土地の人々の口が堅く、どうしても突き止められなかったことだった。

美貌に慈悲深さを兼ね備えた御国御前として、側室でありながら正室を凌ぐ支持を得ていた遥香が、なぜ時を経て罪人扱いされたのか。

信義の疑問に、十兵衛は淡々と答えた。

「由々しき噂がご領内に広まったのです、ご隠居さま」

「噂とな？」

「御上に一服盛ったのは御国御前……そんな根も葉も無い、風聞だけを証拠に罪人扱いをされ、座敷牢送りにされたのです」

「無茶であろう。まさに事実無根ではないか」

「むろん、信じられぬことでした」

「当たり前じゃ。何と酷い真似を……」

信義は芝居抜きで憤慨していた。

十兵衛と知り合って調べるきっかけを得た、加賀百万石の支藩においての醜聞は幕府としても見逃せぬことである。現職の幕閣連中が内憂外患への対応に追われている以上、ここは楽隠居の自分が乗り出すべし。そう判じ、これまで密かに動いてきたが、今や十兵衛たちに同情せずにはいられなくなりつつあった。

暗殺に嘉祥菓子を使ったというのも、許せぬことだ。

嘉祥は甘味好きの信義にとって、格別の行事。

それを謀略に利用するとは、何事か。

信義が甚平を使って調べさせたところ、遥香を罪に問うた黒幕は、国家老と江戸家老だった。対立する派閥をそれぞれ束ねる二人が、この一件に限っては協力し合い、速やかに裁きを付けたのだ。

二人を生かしておこうと提案したのは、記録によると江戸家老。

恩情で助命したと言えば聞こえはいいが、母娘を揃って座敷牢で飼い殺しにするとは残酷すぎる。

しかも囚われたとき、智音はまだ七歳だったのだ。幼くして幽閉暮らしを強いられたとなれば、心に傷を負ったとしても無理はない。

あの少女には、どことなく陰がある。

信義にこそ懐いているが、余り人に打ち解けず、恩人である十兵衛に対してさえ心を開こうとしない様が、いつも見ていて痛々しい。邪な大人たちのせいで左様になったのだとすれば、悲惨すぎるではないか。

今からでも、何とかしてやりたい。

信義は、そんな想いに駆られずにはいられなかった。

「ところで十兵衛、おぬしは如何《いか》なる存念で、あの二人を助け出したのか」

「は」

十兵衛は遠い目をして言った。

「事の初めは、菓子の差し入れにございました」

「差し入れ……智音のためか？」

「ぐずりがひどく、座敷牢を番する奥女中どもが手を焼いていると聞き及びました故……あれの好きな甘味を作ってやれば、少しは気も紛れるのではと」

「それで、食べてもらえたのか」

「初めは見向きもされませなんだが、一月《ひとつき》も経てば手を伸ばしてくれるようになりました。愛想が無いのは昔も今も変わりませぬが、二月《ふたつき》が過ぎた頃には毎日心待ちにしてくれるようになり……子守りの手間が省ける故、拙者に限っては奥女中の見張りも甘《あも》うなりました」

「遥香とも話ができるようになったわけだな」

「はい」

十兵衛はうなずいた。

そんな経緯があって座敷牢に出入りを許され、遥香は無実と知ったのだ。

最初は遥香も口を堅く閉ざしており、智音が菓子をぱくぱく食べている様に気を緩めた奥女中が席を外していても十兵衛に何も明かさず、差し入れの礼を言葉少なに告げるのみであった。

思いがけぬ事態に巻き込まれ、幼馴染みの十兵衛のことさえ信じられなくなっていたのである。

遥香の態度が和らいだのは、三月《みつき》が経った頃。

十兵衛の情にほだされ、ついに重い口を開いたのだ。

「自分は何もやっていない。どうして愛しい御上に危害を加えなくてはならないのか……そう言われれば、信じるしかありますまい」

告白する十兵衛の口調は、次第に力強くなってきた。

遥香の濡れ衣《ぬれぎぬ》を晴らすために、立ち上がろう。

そう決意したときの心境に戻っていたのだ。

「遥香の話を聞き、拙者は改めて調べ直しました。空しゅうなられた当日の御上のご予定、御陣屋への人の出入り……菓子作りの勉強と偽って江戸表にも密かに出て参り、御上屋敷にも入り込んで、遺漏なく調べ上げたのです」

「それで、嘉祥菓子に毒を仕込んだ黒幕が分かったのだな？」

「はい」

「国家老と江戸家老が手を組みおった……か」

「由々しきことなれど、左様に見なすのが妥当と判じました」

確信を込めて、十兵衛は言った。

すべては遥香の無実を信じ、調べを尽くした上で出した答えであった。

きっかけは、一人の奥女中の告白だった。

慶三と十兵衛の隙を突き、重箱入りの嘉祥菓子に毒を仕込んだことを遥香に打ち明けたのである。

良心の呵責《かしやく》に苦しんだ末、自白に及んだ奥女中を遥香は責めなかった。

真の悪は、手を汚すことを無理強いした国家老。

結託し、無味無臭の毒を調達したという江戸家老も許しがたい。

二人の悪党を告発し、藩の法に則って裁きを下せば慶三の無念は晴れ、あのとき無実の罪を押し付けられた十兵衛に詫《わ》びることにもなるはずだ――。

遥香は左様に考え、事を進めようとした。

しかし、敵は一枚上手。

生き証人の奥女中を闇討ちさせて口を封じ、遥香こそが毒殺の黒幕だったと決め付けたのである。

賢明な遥香を以てしても太刀打ちできぬほど、悪党どもは知恵者であった。

大名家は、国許と江戸の双方に責任者を置いている。

主君の大名は参勤交代で行き来しなくてはならない立場のため、不在の間は国許の城や陣屋を国家老が、江戸の藩邸を江戸家老がそれぞれ管理する。藩邸には幕府や他の藩との折衝役である留守居役も常駐しているが、内部の仕切りは江戸家老が権力を握っていた。

下村藩の江戸家老は横山外記、国家老は津田兵庫という。

切れ者と言われる外記のことは、信義も知っていた。

「結構な歳であったの？　儂よりは少々若いはずだが」

「今年で還暦かと」

「六十一か……まだ野心も尽きてはおるまい」

つぶやく信義は七十歳。

こちらは御側御用取次の職を昨年辞し、息子に後を任せた楽隠居。現職の老中や若年寄から相談を持ちかけられれば応じもするが、権力の座に返り咲こうとは微塵も考えてはいない。

老成していればこそ、外記の邪悪な目論見《もくろみ》が分かるのだ。

「前田の御本家とも、上手《うま》く付き合うておるらしいの」

「左様に聞き及んでおりまする」

「幕閣への挨拶《あいさつ》も欠かしておらぬそうじゃ。ご当代……亡き慶三侯の弟御を公儀の御役に就けることが狙いであろうがの、まことに抜かりのない奴よ」

「…………」

黙ってうなずきながら、十兵衛は肩を震わせていた。

こうして話をしていると、改めて怒りを募らせずにはいられない。

江戸家老と国家老の双方にとって、慶三は理想の主君ではなかったらしい。

一体、何が不満だったというのか。

慶三は公職に就いて役得を得たいとは考えもせず、折しも黒船が来航して攘夷《じょうい》に揺れていた天下の動向に流されることなく、藩領をしっかり治めることだけに力を注いだものだった。

理想の藩主だったと十兵衛は思う。

しかし、悪党どもの考え方は違うらしい。

欲を持たぬ主君など、野心をぎらつかせる重役から見れば愚者にすぎない。

風雲急を告げる折だからこそ上手く立ち回ればいいのに何もせず、わずか一万石を後生大事に守っていくことしか考えない慶三は、外記と兵庫のいずれにとっても仕えるに値しない、むしろ邪魔な存在だったのだろう。

もとより遥香は権力争いになど一切関わっておらず、のし上がりたい野心も持ち合わせていない。

優しかった慶三の死を悼《いた》み、喪に服す一方で、一日も早く家中が平和になることを望んでいた。

そんな遥香を両方の派閥が稀代の悪女に仕立て上げ、抹殺しようとしたのだ。

四面楚歌となった遥香を、十兵衛は放っておけなかった。

野心も何もない母娘に、どんな罪があるというのか。

誰も護ろうとしないのならば、幼馴染みの自分がやるしかない。

怒りと同情、そして遥香が御国御前となったときに封じ込めたはずの愛情の赴くままに、十兵衛は母娘を助けた。

国許から江戸まで逃れ、深川で店を構え、菓子作りの腕を活かして、何とか今日まで暮らしてきたのだ。

そうやって母娘を支えてきた十兵衛も、今宵は助けられる立場であった。

十兵衛が甚平と美織に助太刀され九死に一生を得たのは、店から抜け出して二人を呼びに走った、遥香と智音のおかげだった。

遥香は岩井邸に駆け込んで信義に助けを求め、智音は佐野家の屋敷に飛び込んで驚いて出てきた美織に抱き着き、泣きわめくことで異変を知らせたのである。

命拾いした十兵衛だが、左手の傷は深かった。

「時に十兵衛、具合はどうだの」

「おかげさまで大事はありませぬ」

「痩せ我慢をするでない。先程から顔色が優れぬぞ」

「は……」

十兵衛は少々顔が青かった。

負傷したまま戦い続け、だいぶ血を失ってしまったからである。

輸血をするという発想も技術も無い以上、休んで回復を待つしかない。

口は悪いが腕は確かな瓢斎に傷口を縫合してもらい、出血も止まったので、体力はいずれ戻るだろう。

一番の問題は、左手がしばらく使えぬことだ。

十兵衛は改めて、不安を覚えずにいられなかった。

果たして、この手は元通りになるのだろうか。

甘味屋の商いにとっても大事なことだが、戦う上でも深刻な問題であった。

左手は刀を操作するときに主となる、軸手《じくて》である。

その軸手の指が満足に動かせず、右手だけで刀を握ったところで、思うようには戦えない。もしも完治しなければ、引き続き国許から送り込まれてくるであろう刺客を撃退し、遥香と智音を護ることもままならなくなってしまうのだ。

黙り込んだ十兵衛に、信義は笑顔で告げた。

「災い転じて福と成すとは、けだし名言だの。そうは思わぬか、十兵衛」

「ご隠居さま」

「遥香と智音は石田に警固《けいご》させる。どのみち佐野のじゃじゃ馬も、止めたところで乗り出すだろうよ」

「…………」

「向後は強いて刀を握るに及ばず。そのほうは菓子作りに専心せい」

「されど、この手では……」

十兵衛のうめきには、二つの意味が込められていた。

微妙な加減が必要なのは、剣術も菓子作りも同じこと。傷がふさがったところで以前の如く、自在に菓子を作ることが出来るかどうかは定かでない。

もう一つの悩みは、人を斬ってしまったこと。

これまでに幾人もの刺客を撃退してきた十兵衛だが、相手を殺したことは一度も無い。刀さえ使わずに丸腰で迎え撃ち、柔術の技で制するのが専《もっぱ》らだった。

しかし今宵の襲撃には応じきれず、ついに斬らざるを得なくなったのだ。

人の命を奪った手で、菓子など作っていいものか。

「何も悩むには及ぶまい」

苦しい胸の内を明かした十兵衛に、信義は告げた。

「おぬしは戦場《いくさば》では炊飯が出来ぬと申すのか。違うであろう。敵の首級《しるし》を挙げて手を血塗らせておっても腹が空いたら米を研ぎ、汁を作らねば身は持たぬ」

「されど……」

「おぬし一人が食を断つのは構わぬ。されど、代わりに戦《たたこ》うてくれる者たちに満足のいく見返りを用意せい。甘味という、この上なき慰めになる糧食を……な」

「心得ました、ご隠居さま」

「むろん儂にも寄越すのだぞ、十兵衛」

「ご隠居さまが荒事をなさるのですか？」

「ははは、馬鹿を申すな。この歳で刺客どもを相手に立ち廻りが出来るはずがなかろう。儂がおぬしに代わりて為すのは、御陣屋風を止めることよ」

「それでは、お立場が……」

「心配いたすな。岩井信義、老いても一万石にしてやられるほど甘《あも》うはない」

信義は胸を張ってみせた。

大名が威光で弱者を泣かせることを、御陣屋風と呼ぶ。戦国の昔と違って大名の多くは城を持てず、国許で陣屋を拠点としていたからだ。その点はかつて十兵衛が属した下村藩も同じだったが、城持ちでなくても力はある。

加賀百万石に連なるだけに信義でも粗略には扱えぬし、十兵衛の味方となる以上は覚悟が要る。そこまでして、助けたいのだ。

「心得違いをいたすでないぞ、十兵衛」

信義は淡々と告げた。

「儂はおぬしが思うておるほど優しゅうはない。誰彼構わず甘い顔を見せておっては恐れ多くも上様の御用など務まらぬ……。この歳になるまでには、非道な所業に及びしことも一度ならず覚えがある」

「ご隠居さま……」

「儂が望みはただひとつじゃ。これからもせいぜい精進し、皆を笑顔にする甘味を作るがいい。おぬしにしか出来ぬことと心得ての」

「笑顔に……でありますか」
「頼むぞ」
戸惑う十兵衛に微笑み返し、出て行く信義にもはや打算はなかった。
十兵衛は平伏して見送る。
その胸中に、新たな決意が宿っていた。
人を斬ってしまったのは、たしかに取り返しの付かぬことだ。
しかし、悔いてばかりでは何も始まるまい。
思い悩むより先に、十兵衛にはやるべきことがある。
まずは、傷の治療に専念するのだ。
むろん、完治するまで遊んでいるつもりはない。
左手が満足に動かなくても、簡単な菓子ならば作ることは出来るはず。
今はキツくても、励めば道は開けると信じよう。
持てる力を余さず尽くし、難局を乗り切るのだ。
信義の足音が遠ざかっていく。
すっと十兵衛は顔を上げた。

と、そこに廊下のきしむ音。

入れ替わりにやって来たのは、遥香と智音。美織がしっかり付き添っている。

「十兵衛どの……私どものために申し訳ありませぬ……」

詫びる遥香の傍らで、智音は相変わらずの仏頂面。それでも十兵衛の怪我は気になるらしく、さらしが巻かれた左手をチラチラ見ている。

「大事はございませぬ。ほら、この通り」

左手を上下させ、十兵衛は微笑む。

黙って見守る美織の胸中は複雑だった。

十兵衛は無理ばかりしている。

今宵の出来事を通じて、そう実感したのだ。

妻でも何でもない女人を護るために戦い、他の男との間に生まれた子どもを抱え込むほど、世の殿方にとって報われぬことはあるまい。

そんな暮らしを、十兵衛は一年以上も続けてきたのだ。

もうそろそろ、楽になってもいいのではないか。

遥香と智音を見殺しにしてしまえとまでは言うまいが、もう少し勝手に生きてもいいのではないか。

だが、そんな十兵衛は十兵衛ではないし、美織も一人の殿御として好きにはならなかったことだろう。

これほど愚直な殿御を、美織は見たことがない。

今日びの武士は、もっと打算で生きている。

とりわけ見るに堪えぬのは同じ旗本、それも名のある家々の男たち。

日の本に危機が迫っているのに、誰もが目先のことしか考えていない。

公武合体を推し進め、朝廷の機嫌を取って将軍家を延命させることにばかり血道をあげている美織の父も、決して褒められたものではあるまい。

主君たる将軍に忠義を尽くしているようでいて、みんな大事なのは己の保身。

武士道を声高に唱える勤王派の浪士連中も、根本は同じと美織は判じていた。

幕府の屋台骨が揺らぎつつあるのを幸いとばかりに、自分の藩主を徳川《とくがわ》に取って代わらせて下剋上を果たし、日の本を牛耳りたい思惑が見え隠れするからだ。

一体、男たちは何をやっているのか。

アメリカにイギリス、フランス、ロシアといった異国の力を見せつけられ、下手をすれば六十余州を乗っ取られてしまうかもしれぬのに、情けないことである。

そんな日の本の危機をよそに、十兵衛は小さく生きている。

女子ども、それも家族に非ざる母娘を護るために戦うなど、馬鹿らしいの一言に尽きるのかもしれない。

世間の武士たちに言わせれば、十兵衛は愚か者なのだろう。

それでもいいと美織は思う。

日の本を、幕府を、それぞれの藩を護ることは、しかるべき立場に在る男たちがやればいい。

しかし遥香と智音には、十兵衛しかいないのだ。

美織とて、あくまで手を貸すことしか出来はしない。

どれほど父の生き方を嫌っていても、大身旗本の娘という立場を捨て去ることは難しいし、どんなに十兵衛が好きであろうと、婿にと望むわけにもいかない。武家の暮らしを捨てた三人とは、生きる場所が違うからだ。

それでも縁あって知り合った以上、見放したくはなかった。

智音がちょこちょこ歩み寄ってきた。

遥香が十兵衛を気遣い、側から離れずにいるのが面白くないらしい。
「よしよし」
伸ばしてきた小さな手を、そっと美織は握り返す。
十兵衛に寄せる好意を口に出来ないのは、今一つの理由があってのこと。
遥香と智音のことも、美織は好きだった。
三人の平和な日常を壊したくない。
十兵衛への想いを胸の内に秘めたまま、これからも助けになっていきたい――。
決意を新たにする美織であった。

四

かくして出直した一同だったが、前途は多難である。
十兵衛には今一人、厄介な敵がいるのだ。
その名は和泉屋《いずみや》仁吉《にきち》、三十七歳。
日本橋に三代店を構える菓子屋のあるじで、評判の名匠。立場の上では、十兵衛など及びもつかない大物であった。

にもかかわらず笑福堂を敵視し、しつこく商いの邪魔までするのは、十兵衛がかつては仁吉の上客だった信義から気に入られていればこそ。

先だっての勝負に敗れた恨みも、まだ忘れていない。

あのとき、仁吉は大恥を掻かされた。

吹けば飛ぶような甘味屋のあるじのくせに評判を上げてきた十兵衛を潰すために菓子作りの勝負を挑んだものの、意外な一品で逆転され、判定を頼んだ江戸の甘味好きのお歴々から、付き合いはこれまでと見限られてしまったのだ。

中でも信義を失ったのは、大きな痛手であった。

隠居した今も、あの老人は公儀に顔が利く。

大奥に出入りを許される鑑札《かんさつ》も、信義の口利きがあればこそ早々に取れたのだ。

和泉屋を今年から継いで以来、仁吉は大奥に納める菓子で儲《もう》けていた。

町人が相手の商いも大したものだったが、引っ切り無しに注文が来る大奥の利権はこの上ない魅力であった。

天下が風雲急を告げる中、女の園は何の影響も受けていない。

傍《はた》から見れば呆れるほど、昔ながらの贅沢《ぜいたく》三昧。

仁吉の如き商売人にとっては、この上ない金づるだった。

しかし十兵衛に敗れたために、評判はがた落ち。

大奥に菓子を売りに行っても、近頃はまったく売れない。

仁吉が信義に見放されたという噂が、早々に広まっていたのだ。

あの老人が甘味の目利きであるのは、もとより奥女中たちも承知の上。

信義は大奥の贅沢に厳しい半面、籠の鳥暮らしの無聊《ぶりょう》を慰めるため菓子を楽しむのを大目に見てくれていたので、現職の御側御用取次だった頃から人気が高かったものである。

その信義が腕を認めた、笑福堂の十兵衛とは何者なのか。

山と担いで持参した甘味を買ってもらえず、そんなことを根掘り葉掘り聞かれていれば、仁吉が腐るのも無理はない。

十兵衛との勝負に敗れた傷は深かった。

信義に見限られてさえいなければ、将軍家に輿入《こしい》れするために京から下ってきた和宮《かずのみや》への献上菓子も、推挙を受けて手がけることが出来たはず。

恨み重なる相手をどうにかしてやらなくては、煮えたぎる怒りが治まらない。

商いを妨害して一度は窮地に追い込んだものの、しばらく江戸を留守にしていた十兵衛は半生かすてらなる菓子を売り出し、新たな評判を得た。

このままでは、またしても出し抜かれかねない――。

そんな焦りを覚えていた仁吉に、思わぬ好機が到来したのだ。

手を組んだのは下村藩邸を仕切る、切れ者の江戸家老。

共に十兵衛の抹殺を望む二人の思惑は、完全に一致していたのである。


その日、仁吉は本郷まで出向いた。

行く先は、かつて十兵衛が仕えた下村藩の上屋敷。

菓子を献上すると称して訪問した目的はただひとつ、十兵衛を潰すこと。

横山外記は恰幅《かっぷく》のいい、貫禄も十分な人物だった。

「そのほうが和泉屋か。上方にて修業を積んだ腕利きらしいの」

「これはこれは、過分なお褒めに与《あずか》りまして有難うございやす」

「ふん、心のこもらぬ礼など言うに及ばぬ」

殊勝に頭を下げる仁吉を眼光鋭く、外記はじろりと見返した。

「それよりも、小野十兵衛に遺恨があるそうだが」

「へい」

「空しゅうしてやりたいほどに、憎いと申すのか」

「いえ、別に生き死になんぞはどうでもよろしいので……。とにかく、邪魔なのでございやす」

「要は、大人しゅうさせたいのだな?」

「左様にございやす」

「あやつに面目を潰され、商いにも障りが生じ、恨み抜いておると聞いたぞ。己が手で引導《いんどう》を渡したくはないのか」

「とんでもねぇ。あっしはこれでも、菓子職人にございやすよ」

「菓子を作る手を、血塗らせたくはないということかの」

「まぁ、どうしてもってことなら無頼の連中を雇いますよ。餅は餅屋に任せたほうが手っ取り早《ばよ》うございますんで」

「ふっ。そのほうとは気が合いそうだ」

外記は薄く笑った。

邪魔者を取り除くのに、自ら出張る必要はない。いよいよとなれば、人を雇えばいいだけのこと。仁吉の発想は、藩主を毒殺させたときの外記と同じであった。

邪悪な笑みを口元に浮かべたまま、外記は続けて問いかける。

「首尾よう始末いたすには、何とするのが上策か。思案があれば申してみよ」

「そいつぁ、まず十兵衛から女房子どもを引き離すのが一番でござんしょう」

「二度手間ではないか。同時に引導を渡すべきであろう」

「急いては事を仕損じますよ、ご家老様」

仁吉は臆することなく、堂々と答える。外記を同類と見なしていればこその態度であった。

「考えてみなせぇ。可愛い女房とがきをもしも目の前で斬られちまったら、十兵衛の野郎は怒り狂って討手のおさむれぇ方を皆殺しにするこってござんしょう。それこそ見境を無くしちまって、こちらのお屋敷にまで斬り込んでくるかもしれやせんよ。そんなことになりゃ大騒ぎだ。町方の役人衆だって、見て見ぬ振りはしてくれねぇでしょうよ」

「それは困るの。御公儀に露見いたさば、我らの命取りぞ」

「だから人質を取っておびき出し、命乞いをさせてやればいいんでさ」

「成る程。手向かいを封じて嬲《なぶ》り殺すか……」

「いかがですかいご家老様、いい考えでござんしょう？」

「ならば段取りはそのほうに任せる。存分にやってみよ」

「有難うございやす」

そんな密談を終えて戻った頃には、早くも陽《ひ》が沈みかけていた。

暮れなずむ空の下、日本橋の通りは今日も賑《にぎ》わっている。

（へっへっへっ、いい気味だ……）

「ほいっ」

「ほういっ」

胸の内で笑う仁吉を乗せて、駕籠は威勢よく町を行く。

十兵衛が夜討ちに遭って傷を負い、岩井邸に担ぎ込まれたことは、早々に仁吉の耳にも入っていた。

菓子を作る身に傷を、しかも手に負ったとなれば好都合。

完治するまでに時がかかればかかるほど、仁吉にとっては喜ばしい。以前の如く腕を振るえなければ商いに支障を来し、評判を聞きつけて増えた客足も遠退《とおの》くのは目に見えている。

そんな最中に遥香をさらわれたとなれば、受ける衝撃も大きいはず。

十兵衛はむろんのこと、かつて得意先だった信義も敵と見なして構うまい。

「覚えていやがれ糞じじい。俺を見くびりやがったことを悔やませてやるぜ……」

仁吉の気分は高揚していた。

何も、上客は信義一人というわけではない。

大奥での評判も、いずれ取り戻せるだろう。

わざわざ深川まで使いを走らせ、笑福堂の菓子を買い求める奥女中も少なからずいるらしいが、十兵衛がいなくなれば話は終わる。

やはり和泉屋がいいということになり、仁吉が以前の如く引っ張りだこになるのは目に見えていた。

そうして奥女中たちを味方にすれば、信義も前言を撤回せざるを得まい。

将軍と和宮の婚礼を祝う菓子作りの話も、必ずや舞い込むはずであった。

「へっへっへっ、楽しみだねぇ……」

ほくそ笑む仁吉であった。

第二章　甜点心《てんでんしん》

一

藩の佞臣《ねいしん》どもと和泉屋仁吉。

二つの勢力が手を組んだことを、十兵衛はまだ知らない。

とにかく、今は不調であった。

左手が思うように動かず、せっかく評判になった半生かすてらも以前ほど上手に焼けぬばかりか、大量に拵えることが出来なくなってしまったからだ。

右手一本で生地を練り、形作ったのを焼いたり蒸したりだけでも一苦労。

それでも以前から作り慣れているおはぎやまんじゅう、ようかんなどの和菓子は何とかなったが、まだ覚えたての洋菓子は、朝のうちに数を揃えるのが難しい。

どうしてもと粘られれば作りもするが――キツかった。

悪戦苦闘しているうちに、客は目に見えて減って来た。

いざ店に来てみたら楽しみにしていた半生かすてらは一つも出来ておらず、食べたければ待つしかない。せっかちな江戸っ子には無理な相談だ。

連日の行列が絶えた後に残ったのは、熱心な常連たちだけだった。

「よぉ、お早《はよ》うさん」

いつもの如く、松三《まつぞう》は朝一番でやって来た。

竹吉《たけきち》と梅次《うめじ》も一緒である。

運河が縦横に巡る深川では、船の荷揚げに従事する人足が大勢働いている。

筋骨たくましい松三は、界隈《かいわい》の河岸《かし》で兄貴と呼ばれる男。

いかつい外見に似ず純情で、おはると称して店で働く遥香に、かねてより想いを寄せていた。そんな兄貴分に付き合わされて、竹吉と梅次も毎日足を運んできては朝飯代わりに、甘い菓子を頬張っていくのが常だった。

「おはるさんにお任せでよろしいですかい、兄い」

「決まってらぁな、竹。奢《おご》ってやるからよ、おめーらも好きなもんを選びな」

気前よく請け合う松三は、以前と変わらぬ好漢ぶり。

甘味が苦手なのも相変わらずだった。

「お待たせしました。どうぞ召し上がれ」

「ありがとよ、おはるちゃん」

菓子を山盛りにしてもらった皿を受け取るときこそ喜色満面だが、平らげるのは青息吐息。

「うーん、もう食えねぇ……」

「あーあ、だから言わんこっちゃねぇや」

「ったく難儀だなぁ。辛党のくせに、甘味屋のおかみさんを口説こうってのがどうかしてるぜ。いい加減あきらめなすったらどうですかい、兄い？」

「うるせぇ……。や……野暮を言うんじゃねーや……」

竹吉と梅次に支えられ、胸焼けした松三は這《ほ》う這うの体《てい》で引き上げていく。

あれでは仕事を始める前に改めて休憩をしなくてはなるまいが、笑福堂としては有難いことである。

そんなこんなで常連たちは来てくれるが、全体の客足はまだまだ少ない。

大口の客と言えば松三と、美織ぐらいのものであった。

「ああ美味かった。さて、残りは土産《みやげ》に包んでもらおうか」

山盛りの一皿を空にした美織は、店先の重箱を指し示す。

今日も昼過ぎに姿を見せ、早めのお八つを平らげた後だった。

「よろしいのですか、美織さま？」

茶のお代わりを注ぎながら、遥香は申し訳なさそうに告げる。

「毎度《まいたび》たくさんお買い上げくださるのは嬉しゅうございまするが、お屋敷の皆様が持て余しておられるのではありませぬか」

「前にも言うたであろう。わが家は父に母、女中たちも揃って甘党なのだ」

「ですが、さすがに毎日では……」

「大事ない、大事ない」

案じ顔の遥香に、美織は明るく答える。

見れば、頬には吹き出物。

どんなに甘党でも、食べすぎは体に良くない。

屋敷での反応は、遥香から指摘された通り。

両親も奉公人たちも、遥香が持ち帰る菓子にみんな辟易《へきえき》していた。

亡き姉も、仏壇のお供えが絶えぬのに目を白黒させていることだろう。

当の美織がそう思えてくるほど、毎日買いすぎだった。

それでも、何とかしたいと思わずにはいられない。

十兵衛《しろうと》にとって菓子を日々作ることは、回復のための鍛錬にもつながっている。

素人考えであるが、美織はそう信じていた。

さもなくば、手負いの身で菓子ばかり作る必要は無い。

以前の十兵衛であれば、日々の糧を得るためにやむを得なかったはず。

だが今は、十兵衛さえその気になればいつでも召し抱え、面倒を見てやれる。

侍として仕えるのを望まぬのなら、若党奉公でも構うまい。

屋敷には部屋の空きもあるし、遥香と智音を不自由させはしない。

しかし、十兵衛は世話になるのを潔しとはしなかった。

『かたじけのう存じまする。お気持ちだけ有難く頂戴つかまつりますす故、何卒ご容赦くだされ』

そう言って丁重に申し出を断り、美織が再三に亘って仕官を誘っても、応じようとはしなかった。

凡百の男であれば一も二もなく飛びついて、上つ方の世話になるのを恥じることはないだろう。

決して甘えようとしないからこそ、美織も気になるのだが――。

それにしても、状況は厳しい。

松三と美織が幾ら小遣いを割き、売り上げに毎日貢献してくれても、残念ながら大した儲けは出なかった。

それでも、笑福堂を愛する人々は足を運ばずにいられない。

「さて、屋敷に戻るといたすかな」

菓子の包みを抱えて、美織は立ち上がる。

このところは菓子も茶も、店の中でいただいている。

以前は混んでいて奥まで入れず、店先の床机《しょうぎ》に腰掛けるのが常だった。

美味《おい》しい甘味と加賀の棒茶を悠々と味わえるのは気持ちがいいが、他の客をほとんど見かけないのは困りもの。

何よりも、十兵衛の胸中が気にかかる。

名残《なごり》惜しげに向けた視線の先で、美織の想い人は今日も懸命に働いていた。

黙って帰るつもりだったが、やはり一声かけずにはいられない。

「今日も美味であったぞ、十兵衛どの」

「………」

台所から返事は無い。

木べらを使いながら、ぎこちなく目礼を返してくれただけであった。

不自由な左手は、だらりと体側に下げたまま。

肘から先が、思うように上がらないのだ。

辛い眺めであった。

出来ることなら、側に寄り添って手伝いたい。

だが、遥香が居ては無理なこと。

どのみち何もしてあげられないなら、長居をしても意味は無い。

「されば、失礼」

「ありがとうございました」

美織が十兵衛に想いを寄せているのに、遥香は一向に気付く様子がなかった。

遥香は、昔から天真爛漫な質である。

その純粋さを慶三に気に入られ、下村藩を牛耳る家老たちに濡れ衣を着せられる隙にもなったわけだが、生まれながらの気性は今も変わっていない。

そこに、近所の子どもたちと遊んでいた智音が戻ってきた。

「あっ、お姉ちゃん！」

「良い日和《ひより》だな。とも」

菓子の包みを抱え直して、美織は微笑む。

「もう帰っちゃうの？」

「うむ。稽古《けいこ》に戻らねばならぬのだ」

本当は嘘《うそ》である。

このところ、日々の稽古は昼で切り上げることにしていた。

大身の武家は、屋敷内に武芸の稽古場を構えている。

美織の家も例に漏れず、父も若い頃には御番《ごばん》入り——公儀の御役目に就く上で課せられる実技試験の合格を目指し、空っ下手ながら日々励んだという。

しかし今や美織のもの同然となり、老いた父は男勝りの娘を敬遠するばかり。

それでも、以前ほど美織は無茶をしていない。

かつては朝から晩まで家士たちに稽古の相手をさせていたが、宿敵の真島新兵衛を破ったのをきっかけに気持ちが落ち着き、自分のことよりも若い家士の技能向上に重きを置いて、みんなが無理なく剣の修行を続けられるように心がけていた。

逆に言えば、午後は好きに過ごして差し支えなかった。

出来ることなら日が暮れるまで店に居て、十兵衛を手伝いたい。

だが、それは叶わぬ話。

仲良くなった一家との和を乱さぬためにも、本音は隠しておくしかない。

「いいから遊ぼうよう」

「明日も参るよ、またな」

ぐずる智音に、すっと美織は手を伸ばす。

丸みを帯びた頰を撫でてやり、笑みを残して歩き出す。

そんな美織の想いなど知る由もなく、十兵衛は黙々と木べらであんを練る。

一日も早く左手を治し、笑福堂を立て直す。

そのことで頭が一杯だった。

二

その頃、和泉屋仁吉は新たな企みを実行に移そうとしていた。

「さーて、そろそろ次の手を打つとしようかね……」

泣きっ面に蜂とばかりに、遥香と智音のかどわかしを、いよいよ実行に移すことにしたのである。

結託している横山外記——下村藩江戸家老の意を汲んでのことだった。

仁吉が雇ったのは、無頼のゴロツキたち。

「いいかいお前たち、後のことは知るも知らぬも……だよ」

「承知しておりまさ旦那。はした金ならいざ知らず、こんだけ弾んでくれたら金輪際、裏切ったりはいたしやせん」

「お任せくだせぇ。その女ぁ引っさらったら、二度と日本橋を拝めねぇとこに売り飛ばしてやりまさぁ」

「何なら異人に話を持ちかけて、らしゃめんにしてやりましょうかね?」

「へっ、そいつぁいいや。よろしく頼むよ」

口々にうそぶく三人のゴロツキに、仁吉は満足そうに微笑み返す。

横山外記が仁吉に命じ、無頼の連中をわざわざ雇わせたのは、使える手駒が足りなくなったからではない。

十兵衛、そして甚平と美織の奮戦によって返り討ちにされたものの、外記が意のままに動かせる藩士はまだ残っているという。

外記は江戸家老として、藩邸ばかりか国許にまで勢力が及んでいた。家中に与える影響は大きく、いざとなれば新たな手練《てだれ》を江戸まで呼び寄せ、刺客を命じることも可能だった。

たしかに十兵衛は腕が立つが、何も下村藩で最強だったわけではない。同等の剣の遣い手は国許に幾人もいるし、手練の面々をまとめて送り込み、総がかりで攻めかからせれば、一気に討ち取るのも難しくはないだろう。

現に先夜はぎりぎりまで十兵衛を追い詰め、傷さえ負わせたのだ。

とはいえ江戸の市中では余り派手に動けぬし、あれから笑福堂には甚平と美織が交代で毎日詰めていて、手を出しにくくなったのも事実だった。

以前に刺客を一人ずつ送り込んでいたのは、明らかに外記の失策。

十兵衛はいつの間にか、頼もしい加勢を得ていたのである。

邪魔者の十兵衛を倒し、遥香と智音を口封じするために、もっと早いうちから数に任せて襲撃させるべきだったのだ。

もはや悠長に構えてはいられない。

先夜の襲撃を受けて以来、十兵衛たちは警戒を強めていた。

しかも調べてみたところ、加勢の二人は只者ではなかった。

小男ながら剽悍《ひょうかん》な甚平は、昨年まで御側御用取次だった岩井信義の家臣。そして男装も凜々しい美織は、大身旗本の娘だったのだ。

信義も美織の父親も、将軍家の直参である。

対する外記は、大名家に仕える陪臣《ばいしん》の身。江戸家老とはいえ、将軍に目通りするのも許されぬ立場にすぎない。

武家としての格の違いは明らか。

正面から張り合えば、勝ち目は薄い。

ならば仁吉に任せておき、こちらが実行できない汚い手を用いてでも、目的さえ遂げてくれればいい。

見返りに商売を拡げる手助けをしてやらなくてはならないが、すべて任せておけば後腐れも無く、万事が好都合というものだ。

そんな外記の思惑は、仁吉にとっても都合が良い。

「へっへっへっ……美人の女房がいなくなったら、あの店も終いだろうぜ……」

ほくそ笑む仁吉の目的は、あくまで笑福堂を潰すこと。

十兵衛の商いさえ左前になってくれれば、それでいいのだ。

仁吉が見込んだところ、事は簡単だった。

なにも大金を積んで腕の立つ刺客を雇い、十兵衛と対決させるまでもない。

最初から、遥香を直接狙えばいいのだ。

笑福堂に足を運ぶ常連たちは、菓子の味など碌に分かりもしない輩ばかり。

ほとんどの者が遥香の美貌を拝み、優雅な客あしらいを楽しみ、癒してもらえるのを目当てに通っている。

菓子など二の次。口に出来ぬほど不味《まず》い代物でなければ、何でもいいのだ。

そんな店の人気を支える遥香がいなくなれば、笑福堂は確実に寂《さび》れる。

目的を遂げるのに、大した元手は必要ない。

腕利きの十兵衛を討ち取ろうとすれば、五人や十人のゴロツキを雇ったところで無駄だろう。

だが遥香をかどわかすだけならば、三人もいれば十分である。

無頼の連中は算盤《そろばん》も碌に弾けぬ反面、金儲けとなれば頭がくるくる回る。

必ずや証拠を残さず、遥香の誘拐を実行してくれるはずであった。

三

外記の期待に違わず、仁吉は早々に計画を実行させた。

笑福堂の商いが再開されて半月ほど経った頃、遥香が築地の本願寺へお参りに出かけたところを襲わせたのだ。

その日は、遥香の祖母の命日であった。

国許を離れても、親族の供養は欠かせぬもの。

「へっ……命取りになるとも知らねぇで、念入りに拝んでやがるぜ……」

人混みの中で見張りながら、ゴロツキの兄貴分は小声でうそぶく。

遥香が信心深かったのに加えてゴロツキどもに好都合だったのは、お参りの最中に智音が尿意を催したこと。

厠《かわや》に連れて行ったのは、警固のために同行していた美織だった。

「任せておくがいい、遥香どの」

お参りを続けるようにと遥香に促し、もじもじしている智音に微笑みかける。

「とも、私と共に参ろうか」

「うん！」

「よしよし」

智音の手を引き、美織は本堂から出ていく。

邪魔な女剣客がいなくなった隙を突き、遥香の前にゴロツキどもが現れた。

「いいお日和でござんすねぇ、笑福堂の女将《おかみ》さん」

最初に馴れ馴れしく呼びかけたのは、ゴロツキの兄貴分。

二人の弟分は両側から、さりげなく間合いを詰めていく。

ちょうど遥香は合掌を解き、本堂を出たばかり。

「こんにちは。まことによきお日和ですね」
まさか誘拐されるとは思わぬ遥香は、お愛想で兄貴分に微笑み返す。
しかし、ゴロツキは無反応。
自分から挨拶をしておいて、じろりと冷たい視線を返しながら迫るのみ。
この男、何者か。
店に来たことのある客ではないと、気付いたときには遅かった。
「うっ……」
兄貴分にみぞおちを一撃され、遥香はたちまち気を失う。
よろめくところを脇から支え、運ぶ弟分たちの動きも手慣れていた。
一瞬の凶行を見咎《みとが》めた者は誰もいない。
すれ違う者も、気分が悪くなったのを介抱しているとしか思わなかった。
すべて上首尾だった。
後は門前に待たせてある辻駕籠に乗せて連れ去り、船に乗せてしまえばいい。
訳有りでも構わずに女を売り買いする女衒《ぜげん》には、すでに話を付けてある。
十兵衛たちが気付いたときにはすでに遅く、売られた先も分からなくなっていることだろう。

まだ美織は戻らない。

万事が好都合に進んでいた。

「へっへっへっ、上手くいったなぁ……」

「分け前は弾んでくだせぇよ、兄い。前金を受け取ってるんでござんしょう？」

「話は後だ、急げ急げ」

嬉々《きき》として、ゴロツキどもは先を急ぐ。

と、そこに一人の男が現れた。


「誰だ、てめぇ！」


威嚇《いかく》しながら兄貴分が進み出る。

しかし、胸ぐらを掴《つか》むことは出来なかった。


「ぐえっ」

悲鳴を上げて兄貴分が吹っ飛ぶ。

その男は、力任せに殴りつけたわけではなかった。

手のひらを無造作に突き出し、頭一つ大きい相手を軽々と倒して失神させたのだ。

むろん、誰もが出来ることとは違う。
掌打《しょうだ》と呼ばれる、唐土《もろこし》（中国）の拳法の一手であった。
「あ、兄貴っ」
「て、てめぇ……」
弟分たちは動揺を隠せない。
構わずに遥香を連れ去るどころか、逃げ腰になっていた。
何も、六尺豊かな大男と出くわしたわけではない。
喧嘩《けんか》上等の兄貴分を一蹴《いっしゅう》した男は、細身で小柄。
五尺そこそこの体に縞の道中合羽《かっぱ》を羽織り、三度笠を被《かぶ》った旅姿。
合羽も笠も、埃にまみれている。まだ江戸に着いたばかりらしい。
振り分け荷物を持っているだけで、脇差は帯びていない。
丸腰でありながら、迫る威圧感は半端ではなかった。
男はじりじりと前に出る。
両手で構えを取り、ジグザグに歩を進める動きは三才歩《さんさいほ》。
見慣れぬ動きが、二人のゴロツキの動揺を募らせる。

「く、来るんじゃねぇっ！」

遥香を盾にしようとしても無駄だった。

構わず前進し、狙った相手は右手のゴロツキ。

かかとに土踏まずを引っかけるようにして軽く蹴り、体勢を崩させたのだ。

地面すれすれに一撃を、それも静かに見舞ったのは、人質に怪我を負わせぬためであった。

堪らぬのはゴロツキたちだ。

一人が体勢を崩せば、残る一人も安心してはいられない。

思わず遥香から手を離した瞬間、重たい掌打が迫り来る。

「わあっ」

悲鳴と共にゴロツキは吹っ飛んで気を失う。

巻き添えで遥香が転ぶ寸前、サッと男は肩を支える。

速攻の助太刀のおかげで危機は去った。

残るはかかとを蹴り付けられ、先によろめき倒れた一人のみ。

対する男に油断は無かった。

最後のゴロツキが立ち上がれぬ振りをして、懐の短刀を抜いたのも先刻承知。

「野郎っ！」

横殴りに振るった凶刃をかわしざま、ずんと上から踏みつける。

失神したのを見届けて、男は視線を巡らせた。

「遥香どのっ」

「ははうえー！」

美織と智音が駆けて来る。

長居は無用とばかりに歩き出す、男の動きは迅速そのもの。

二人が追いつくより早く、群がる野次馬の中に姿を消していく。

遥香が連れ去られる寸前に現れ、悪党どもを倒したのは王《ワン》。

以前に十兵衛が出稼ぎ先の横浜で出会った、清国人の若者だ。

王の雇い主はエルザ・ハインリヒ。

異国人がひしめく横浜の港で商会を構える、かつて十兵衛も世話になった白人の女社長である。

まさか十兵衛の知り合いだとは、美織は思ってもいなかった。

「ま、待たれよ」

すかさず追いつき、サッと王の腕を取る。

「何の礼もいたさずにお帰しするわけには参らぬ。お急ぎでなくば、しばしお付き合いいただこう」

王が黙ってうなずき返したのは、美織の機敏さに少々感心したため。

ぐったりした遥香を支えつつ、智音が向けて来る視線も気にかかる。

母親を助けてもらって感謝しているのか、それとも警戒しているのか、一見しただけでは判じかねる。

人助けをしておいて、悪党の仲間と思い込まれたままでは寝覚めが悪い。

それにしても、間一髪で助けられたのは幸いだった。

王は、何も十兵衛の縁者と承知で窮地を救ったわけではない。

横浜から船で着いたところでたまたま現場に出くわし、悪党どもの狼藉《ろうぜき》を見過ごせなかっただけのこと。

らしからぬお節介も、骨折り損にはならなかった。

辮髪《べんぱつ》を笠で隠して身なりを調え、日の本の民になりすますことに慣れている王も江戸の地理には不案内。遥香たちと出会っていなければ道に迷い、十兵衛を訪ねるのにも手間を食っていただろう。

情けは人のためならずとは、良く言ったものである。

四

王が江戸に出てきたのはエルザに命じられ、十兵衛を責めるためだった。

外国人は横浜の居留地を勝手に離れてはならないのが決まりである。日本人になりすまして江戸に潜り込んだと分かれば大事《おおごと》だが、怖いあるじの命令に逆らうわけにはいかなかった。

エルザが立腹したのも無理はない。

十兵衛に仕入れの口利きをしてやり、半生かすてらを作れるようにお膳立てしたのも、ビジネスとしての思惑があってのことだった。

仁吉の妨害が及ばぬ横浜近郊の農家を世話してやったのに、このところ小麦粉も卵も仕入れ高が減るばかり。これでは口を利いたエルザの面目が立たない。

売り上げが落ちたなり何なり、理由があるのなら報告しろと叱り付けるべく派遣された王だったが、まさか怪我を負ったせいとは思ってもいなかった。

相手が怪我人とあっては、声を荒らげるわけにもいくまい。

「ふかくを取ったな、十兵衛」

「うむ。面目ない」

「めんぼくないとは、どういうことだ」

「おぬしの国の言葉で、丟臉《デイウリイエン》と申す」

「そうか……」

淡々とうなずき返し、王はさりげなく言い添える。

「なにも恥じることはない。はるかさんがぶじで、よかったな」

「かたじけない」

店の台所で小麦粉を捏《こ》ねていた右手を休め、十兵衛は微笑む。

折よく客足は途絶えていた。

人目を気にすることなく、王と久しぶりに言葉を交わせるのは嬉しい。

だが、続いて切り出された本題は深刻だった。

「横浜に来られるか、十兵衛」
言葉少なに問いかける王は無表情。
強要しない代わりに、十兵衛に肩入れしてもいなかった。
無理もあるまい。
王はエルザに雇われている立場。
十兵衛の抱える事情を知ったからといって、同情するわけにはいかないからだ。
庇《かば》えぬ以上、自ら出向いてもらって釈明をさせるしかない。
王が殊更に語らずとも、十兵衛には察しの付くことだった。
恩人であるエルザと王に、いつまでも義理を欠いたままでいてはいけない。
言葉の違う異国の者同士だからこそ、余計に態度で誠意を示すべきだろう。
万難を排し、横浜まで足を運ぶのだ。
「承知いたした。何はともあれ、ボスに会《お》うて無沙汰を詫びねばなるまいよ」
王に答える、十兵衛の表情は明るい。
不安そうに成り行きを見守っていた美織も、ホッと安堵した。
十兵衛が江戸を離れるのは寂しいことだが、事情が事情である。

あくまで快く、笑顔で送り出してやらねばなるまい。

「横浜に参られるのか、十兵衛どの」

「致し方ありますまい。留守を頼めますか、美織どの」

「もとより承知の上だ。ご存分に詫びて参られよ」

十兵衛の頼みを、美織は二つ返事で請け合う。

横で話を聞いていた甚平も、思うところは同じだった。

「成る程のう、左様なことならば義理は返さねばなるまいよ。こちらのことは我らに任せ、あちらのお気が済むまで行って参られよ。何者が来ようとも、二度と奥方に手は出させせぬ故な」

頼もしく請け合いつつ、甚平は懐かしげにつぶやいた。

「横浜か……それがしが江戸に出て参る道中で通り過ぎた折には長閑《のどか》な漁村だったはずだが、今や異国の者たちが闊歩《かっぽ》しておるとは……うぅむ、変われば変わるものだのう……」

「行ってみたいのか、石田どの？」

「ははは、とんでもございませぬ」

美織に問われ、甚平は苦笑する。

その先を声を潜めて言ったのは、店先の床机に座って菓子を食べている王の耳に入れないための配慮であった。

「それがしが思うに、異人と分かり合うのは至難の業ぞ。王どのの如く、誰もが話の分かる相手とは限るまい……十兵衛、おぬしも気を付けることだな」

「承知の上にござる」

うなずきつつ、十兵衛はそっと左手をさする。

傷口が塞がっても完治するに至っておらず、時折ズキリと痛む。

何にも増して案じられるのは、触れたときの感覚が鈍いことだった。

傷を負った付近の皮膚は硬く、まるで足の裏のようである。

感覚が鈍ければ、細かい作業にも対応しにくくなる。

菓子を作るのも刀を抜くのも、指先の繊細な動きが欠かせない。

たとえば抜刀するときに、左手のさばきが甘いと鞘が鳴る。刀身を抜き出す右手と左手の鞘引きが嚙み合わないからだ。

この体たらくで、横浜まで足を延ばしても大丈夫か。

何も、王やエルザを警戒しているわけではない。

案じられるのは、行きの道中。

十兵衛が一人で旅に出たとなれば、敵にとっては好都合。

留守にしている笑福堂を襲撃するのはもちろん、邪魔者の十兵衛を葬り去るべく道中で刺客を差し向けて来る可能性も考えられる。

笑福堂のほうは美織と甚平が護っていてくれれば安心だが、問題なのは手負いの身で襲われて、敵を退けられるかどうかであった。

王は仕事があり、今日のうちに横浜へ取って返さなくてはならないという。

十兵衛がこれから道中手形を取り、支度をして旅立つには時がかかる。

旅をするのに必要な手形は菩提寺《ぼだいじ》の住職か、身元引受人を兼ねる住まいの貸主に発行してもらわなくてはならない。十兵衛が店を借りている本所押上村の地主は話の分かる人物だが、急いでもらっても一日か二日はかかるはず。

ここは覚悟を決め、一人で旅立つより他にあるまい。

「後のことは、くれぐれも頼みますぞ……」

美織と甚平に向き直り、十兵衛は重ねて頭を下げた。

と、そこにとんとんとんとんと足音が聞こえてくる。

二階から、智音が降りてきたのだ。

子どもに深刻な顔を見せ、不安がらせてはなるまい。

すかさず美織と甚平は頰をさすり、強張《こわば》った顔の筋をほぐす。

智音はひょこひょこ近寄って来た。

「どーしたの？」

「何でもないよ、とも」

真っ先に笑顔で応じたのは美織であった。

少女の無邪気な丸顔が、可愛くて堪らない。

目じりが下がれば、自ずと口調も柔らかくなるというものだ。

「王どのがもうじき出立なさる故、お土産を持たせなくてはと皆で相談いたしておったのだ。そうだな、石田どの？」

「さ、左様にござるよ」

自然に笑みがこぼれた美織と違って、甚平は一苦労。

いかつい顔に作り笑いを浮かべたのに続き、十兵衛も無言でうなずく。

こちらも表情でごまかすことなく、自然に智音と接していた。

未だに打ち解けきれていないようでいて、扱いは心得ている。

だが、続く反応は予測できていなかった。

大人たちの態度に構わず、智音は美織の袖口をちょいちょい引っ張る。

「ん？　何としたのだ」

「……いってみたい」

「えっ？」

「よこはま」

驚く一同に告げる口調は、真剣そのもの。

ふっくらした頬を弾ませ、目をきらきらさせていた。

五

朝日の射す街道を、智音を連れた十兵衛が行く。

十兵衛は手甲脚絆《てっこうきゃはん》の旅装束。

袖付きの道中合羽は萌黄《もえぎ》色だった。

荷物は風呂敷に包んで斜めに背負い、日除けを兼ねた菅笠《すげがさ》を被っている。

智音の装いはいつもの木綿物ではなく、鮮やかにして可愛らしい京友禅。

信義が餞別《せんべつ》の代わりにと、旅立つ前に甚平に届けさせてくれた一着だ。

汗と埃を防ぐために手甲を着け、脚絆を巻いているのは十兵衛と同じ。

一人前に菅笠を被り、身の丈に合わせた短い竹杖《たけづえ》を突きながらひょこひょこ歩く姿が微笑ましい。

日本橋を振り出しに品川宿を通り過ぎ、六郷川を越えて川崎宿から鶴見村、生麦《なまむぎ》村、神奈川宿と来れば、横浜の港はもうすぐだ。

疲れて歩けなくなった智音をおんぶして、十兵衛は歩を進める。

左手の傷はまだ痛んだが、足の運びは力強い。

反対を押し切って連れてきたのは、王以外にも異国の人々に会ってみたいという智音の願いを叶えてやるため。

無茶な真似をしたつもりはない。

子連れで旅をするのは、必ずしも危険ばかりではないと気付いたからだ。

智音は可愛らしく、人目に付きやすい外見をしている。

旅先ともなれば尚のこと、行き交う善男善女の目を引くことだろう。

先日のようなゴロツキの類に限らず、下村藩の刺客にしても衆目の集まる中で無体な真似などできまい。

戦う自信が無ければ、知恵を凝らせばいい。

何も、子どもを盾にしようというわけではなかった。

智音が何かしたいと言い出したのは、初めてのことである。

無垢《むく》な好奇心の赴くままに、異国のことを知りたいと言い出したのだ。

その願いを、叶えてやりたい。

思うところは、快く送り出してくれた遥香も同じだった。

「ふぅ……」

十兵衛は深々と息を吸い込む。

「いい風だな……」

潮の香りを孕《はら》んだ風が、何とも気持ちいい。

宿場町の向こうは海。

出船入船が行き交う様を、智音は興味深げに見やっていた。

船酔いを避けるために陸路を取ったのは、悪いことばかりではなかった。

背の高い十兵衛におんぶしてもらっていれば、遠くまで余さず見渡せる。

つい先頃まで手をつながれるのも嫌がっていたのが安心して身を預け、つぶらな瞳をきらめかせている。

「そろそろ中食にしますか」

「うん」

こっくりうなずく態度も、微笑ましいものだった。


久しぶりに十兵衛が訪れた横浜は、相も変わらず栄えていた。

エルザが商会を構えているのは、港近くの居留地。

建物はいずれも日本の家屋だが、内装は洋館らしく整っている。

最寄りには税関に相当する運上所《うんじょうしょ》、そして唯一の宿泊所である横浜ホテルが建っており、新興の地に押し寄せる異国人たちで引きも切らない。一軒だけで対応しきれず、来年は新たなホテルが建設されるとの噂もあった。

一攫千金を狙う者は、同じ日の本の民にも数多い。

人が集まれば自ずと土地は栄え、更に人が集まってくる。

ほんの数年前まで長閑な漁村だったとは思えぬほど、横浜はかつてない活況を呈している。

儲け話が多ければ、自ずと揉《も》め事も増える。

女だてらにアメリカから横浜に乗り込み、根を張ったエルザは、品物を売り買いするだけの商人ではない。腕利きの王を使い、時には自ら出張ってさまざまな揉め事を収め、報酬に与ることを飯の種にしている人物であった。

この手の女傑の世話になったからには、不義理は禁物。

仕入れの段取りをつけてもらっておきながら、滞らせたのは十兵衛の不手際と言うより他にあるまい。

とはいえ、出来る女は聞く耳も持っている。

むろん、こちらが正直になればの話だ。

横浜に到着し、智音を連れて商会を訪ねた十兵衛は、これまでの経緯を包み隠さず明かした。

黙って耳を傾けるエルザは、金髪碧眼《へきがん》の三十女。

男物の上着にズボンを穿き、いつも皺ひとつ無い白シャツを着ている。

体格は良く、骨太ながら胸も尻も大きい。十兵衛でなければ思わず見とれてしまいそうだが、迂闊《うかつ》に目を向ければ無事では済むまい。

「不義理の数々、申し訳なき次第にござる」

話を終えて、十兵衛は深々と頭を下げた。

甘かったと自覚していれば、詫びを入れるのにも迷いは無い。

「……話は分かったよ、ジュウベエ」

事情を了解したエルザは、意外な提案を十兵衛に突きつけた。

「店を閉め、横浜に来いと申されるのか？」

「そうしたほうがいい。おまえたちのためだ……」

告げるエルザは貫禄十分。

この貫禄と美貌ならば夫を捨て去り、女手一つで娘を育てようという気になったのもうなずける。

「ボスの言う通りにしろよ、十兵衛」

一足先に横浜へ戻っていた王も、すっかり乗り気だった。

「客があれしかいないのでは、あきないは続かないぞ。ボスの言う通り、盛り返すまでこちらで暮らせ」

「捲土重来せよと申すか、王」

「けんどちょうらい？」

「おぬしの国の格言だ」

十兵衛は矢立《やたて》を取り出し、さらさらと筆を走らせる。

「捲土重来未だ知るべからず……。唐代の詩に有る、私の好きな言葉だ」

「そうか……。お前も巻き返したいのだな」

「うむ。いつの日にか、な」

十兵衛のつぶやきは、江戸で盛り返すことを期しているだけではなかった。

いつまでも、逃げてばかりはいられない。

藩邸はもとより、国許ともいずれは対決し、事の是非を正す。遥香の身の潔白を証明するだけでなく、亡き慶三の名誉のためにも、そうしなくてはなるまい。

そんな決意を新たにしていたのだった。

一方の智音は、ジェニファーの気を引こうと夢中になっていた。

「ねぇねぇ、遊ぼうよう」

すり寄られても、金髪の少女はぷいと横を向くばかり。

エルザの一人娘は、まだ三歳。

数えではなく満年齢だが、智音から見れば赤ん坊のようなものだ。

それでいて、自我は大人顔負けに強いから手に負えない。十兵衛も菓子作りの腕を認められるまで、まったく相手にされなかったほどなのである。

しかし、智音は諦めない。

「かわいい〜」

逃げられてしまっても気分を害するどころか、目を細めて見送っている。

可愛いものに執着するのは、幼いながらも女の性。初めて目にする金色の髪と白い肌、そして青い瞳に興味津々だった。

六

ひとまず十兵衛は江戸に戻り、エルザの提案を持ち帰ることにした。

勝手に話を決めてしまい、遥香を呼び寄せるわけにもいかない。

周囲の人々にも、意見を仰ぐ必要がある。

そんな配慮も、智音にとっては与り知らぬことである。

「あーあ、じぇにふぁともっと遊びたかったなぁ」

「急《せ》いてはなりませぬ。仲良くなるには時が要るものですぞ」

ぼやく智音をなだめつつ、街道を東へ辿る足の運びは軽い。

心なしか、左手の痛みも薄らぎつつあった。

暮らしの見通しが立ち、気持ちに余裕が生じたからなのだろう。

十兵衛にとって、エルザの許に身を寄せるのは信義や美織の世話になるよりも負担が軽い。丸抱えにしてもらうのではなく、彼女が望む見返り――以前に王と共にこなしていた、商会の仕事を任されるのが前提だからだ。

何も、荒事ばかり命じられるわけではない。

日本人を抱えていれば、言葉の上だけでも重宝される。

今の自分に出来ることで、恩を返せばいいのだ。

何はともあれ、しばらく江戸から離れたほうがいいだろう。

皆の世話になるばかりではいたたまれない。

とりわけ遥香には、負担をかけるばかりである。

これ以上、好意に甘えてはなるまい。

そんな気持ちも、エルザの話を受け入れた理由のひとつだった。


横浜から戻った十兵衛は智音を送り届けた後、信義の屋敷を訪れた。

追って美織が駆けつけたのは、笑福堂にて話を聞きつけた上のこと。

「美織どの……」

「私もご同席させていただきますぞ、十兵衛どの」

汗が染みた目をしばたたかせ、じろりと見返す視線は鋭い。

たどたどしくも嬉々として智音が語った内容から、十兵衛が横浜の異人女の許に身を寄せると知ったのだ。

とんでもない話である。

なぜ異人は良くて、自分では駄目なのか。

しかし、信義の面前で声高に訴えかけるわけにはいかなかった。

美織の気持ちなど意に介さず、十兵衛は思うところを信義に語った。

「それはよい。甘えさせてもらうがよかろうぞ」

反対すると思いきや、信義はすぐさま首肯した。

「エルザと申したかの、その別嬪《べっぴん》の女商人は？」

「左様にございまする」

「結構、結構。せいぜい上手く付き合うがいい」

ふざけているわけではない。

言葉こそ軽々しいようだが、十兵衛に告げる口調は真面目そのもの。

（そうであった……ご隠居さまは、攘夷など望んでおられぬ故な……）

落胆しながらも、美織は黙って見ているばかり。

信義の態度は幕臣として、ある意味正しいからである。

幕府は、異国との戦争など望んでいない。

朝廷に攘夷の決行を突きつけられても、のらりくらりとかわすばかり。

何も弱気なわけではない。

頑迷と思われがちな幕閣の面々も、やるときはやる。

だが、異国の軍備は強大すぎる。

強硬派の大名家から厳しく詰め寄られても、勝ち目のない戦をするわけにはいかない。たとえ軟弱と揶揄《やゆ》されようとも、遅れているのが明白となった各種の技術を取り入れ、国の力を底上げすることに、今は努めるべきなのだ。

「それがしも左様に存ずる。一日も早《はよ》う、横浜に参ることだ」

同席していた甚平も、意見は信義と同じだった。

「さすれば遥香どのも智音も狙われず、我らも安心できるというもの。そうでござろう、美織どの？」

「………」

同意を促され、美織はいたたまれなかった。

自分が迂闊だったために遥香が危ない目に遭い、それで十兵衛も一家揃って横浜に行く気になったと思えば、口惜しく思わずにいられない。

今は一時の逗留《とうりゅう》のつもりでいても、あちらで暮らす環境が整い、かつ遥香と智音が安全であれば、二度と江戸に戻らぬのでは——。

だが、一人だけ異を唱えるわけにもいかなかった。

なぜそこまで反対するのかと問われても、返す言葉が無いからだ。

十兵衛が好きだから、異国女のところになど行かせたくない。

そんな本音が言えるはずもないだろう。

美織に為し得たのは、一つの提案だけだった。

「道中の警固はお任せくだされ」

「美織どの？」

「先だって不覚を取りしお詫びです。気の済むようにさせてください」

そう志願したのは、責任を感じてだけのこととは違う。

引き止められぬのであれば、行けるところまで一緒に居たい。

一途な乙女心の為せる業だったが、受け入れるわけにはいかなかった。

「なりませぬぞ、美織どの」

十兵衛が頑として止めたのは、相手の身を案じればこそ。

美織は大身旗本の姫君である。

いつも凜々しく町中を闊歩し、剣の腕も男ども顔負けに立つとはいえ、間違いがあってはならぬ身なのだ。

好意に甘え、危険な目に遭わせてしまっては元も子もないだろう。

しかし、美織は引こうとはしなかった。

「異国の女には心置きのう甘えるくせに、なぜ私はいけないのだ？」

そこまで言われては、断るわけにもいかなかった。

七

一方の仁吉は、まだ懲りていなかった。

十兵衛が江戸を離れると知って手勢を集め、自ら出向くことにしたのだ。

集めたのは、攘夷浪士を気取った連中。

相手は西洋かぶれの者たちと吹き込み、たちまちその気にさせたのである。

頭数は十余人。攘夷の気風に浮かされて脱藩したものの中途半端で、大物の浪士たちから相手にされず、食い詰めた連中だった。

志こそ半端であっても、それなりに腕は立つ。

甚平がいれば手こずるだろうが、江戸から離れられぬので大事は無い。十兵衛の傷がまだ完治するには至っておらず、満足に刀を振るえぬことも仁吉は調べ済みだった。

人目に立たぬ街道で襲撃し、数に任せて仕留めればいい。


待ち伏せは用意周到だった。

生麦村の辺りであれば、横浜を目前にして気も緩む。

目論んだ通り、十兵衛は警戒が甘くなっていた。

襲撃に見舞われたのは遥香と智音を休憩させ、水を汲みに行ったとき。

気付いたときには、もう遅い。

負けじと迎え撃ったのは美織だった。

「何奴！」

しかし、奮戦しても多勢に無勢。

「猪口才《ちょこざい》な、女の身で剣客気取りか！」

「西洋かぶれに肩入れしおって！　懲らしめてやろうぞ！」

襲撃してきた浪人どもは、口先だけの連中ではなかった。女と見抜くのも早かったが、本身を振るう腕も立つ。

「あっ！」

美織が動揺の叫びを上げる。

刀を弾き飛ばされるとは、思わぬ不覚。

とっさに脇差を抜こうとするより早く、帯前に浪人の手が伸びる。

「きゃっ」

「ははは、存外に可愛い音でさえずるのだな」

鞘ごと脇差を奪い取り、髭面《ひげづら》の浪人がにやりと笑う。

ついに丸腰にされてしまったのだ。

「ははは、どうしたどうした？」

「これで終いか。歯ごたえが無いのう」

「ほれほれ、逃げてみるがいい」

口々に嘲《あざけ》りながら、浪人どもが迫り来る。

街道の埃を蹴立てて迫る顔には、いずれも嗜虐《しぎゃく》の笑みが浮かんでいた。

思わず目を閉じた瞬間、力強い金属音。

「十兵衛どの……」

美織は呆然と視線を向ける。

駆け戻った十兵衛が、敵の直中に突入していた。

遥香と智音を街道脇に避難させた上で、美織の窮地に割って入ったのだ。

左手が思うように動かぬことなど、意に介していなかった。

浪人の凶刃を受け止めたのは、用心のために帯びていた道中差。

刀身が短いので、左手で鞘引きせずに右手だけで抜き放つことが出来る。

「むん！」

力強く弾き返すや、一人目の浪人を体当たりで吹っ飛ばす。

十兵衛が学び修めた肥後流は、剣術と柔術を併せ伝える流派だ。

片腕で投げを打つのは難しくても、ひとたび修羅場に身を置いたからには臆してなどいられない。

十兵衛は右腕一本で戦っていた。

「こやつ、強いぞっ」

「抜かるでない！　押し包んで斬り捨てよ！」

浪人どもは動揺を隠せない。

片手で得物を振るう十兵衛に、明らかに圧《お》されていた。

勝敗を分けたのは気迫の差。

目の前の大事な人を護れずに、信義から言われたように、みんなを笑顔に出来るはずがない。

そう思い至ったことで、吹っ切れたのだ。

十兵衛は臆することなく突き進む。

左右から斬り付けてくるのを続けざまに受け止め、受け流していく刀さばきにも狂いはなかった。

「うぬっ……」

付け入る隙を見出せず、浪人どもは焦るばかり。

彼らにも増して動揺を隠せぬのは、現場まで付いてきた仁吉。

「どうしたってんだい！　相手は手負いじゃないか！」

高みの見物を決め込むつもりが、慌てふためいている。

仁吉の災難は、まだ終わっていなかった。

十兵衛が戦い始めたのと時を同じくして、思わぬ助っ人が現れたのだ。

聞こえてきたのは、力強い馬蹄《ばてい》の響き。

馬上に居たのは、鞭《むち》を引っ提げた異国の女。

疾駆する馬に、小柄な男がぴったりと付き従っていた。

エルザと王である。

外出が許されるぎりぎりのところまで、迎えに来てくれたのである。

エルザは鞭だけでなく、拳銃も持っていた。

腰に吊っていたのをサッと抜き、前方に向ける。

「と、飛び道具か！」

「おのれっ」

浪人どもは動揺を隠せない。

腰が引けたところに、びゅっと重たい一撃が襲い来る。

「うわっ⁉」

打たれた浪人が引っくり返る。

エルザの動きは慣れたもの。

銃で威嚇しながら鞭を飛ばしてくるので、浪人どもも手に負えない。

美織に迫った連中がエルザに苦戦を強いられる一方で、十兵衛を追い込もうとしていた一隊は王に蹴散らされていた。

「アチョーッ！」

怪鳥音を上げて跳び、蹴りを浴びせる王の動きは俊敏にして力強い。

援護を受けた十兵衛と美織は闘志百倍。

もはや浪人どもは防戦一方。

命まで失っては堪らぬとばかりに、三々五々逃げ出していく。

「ひっ……」

これでは仁吉も退散せざるを得なかった。

「覚えてろ！　さのばびっち！」

捨て台詞《ぜりふ》だけは一丁前だったが、誰の耳にも届いてはいなかった。

迂闊なことを口走るものではない。

もしもエルザが聞き咎めれば、きつい一撃でお仕置きされていただろう。

命あっての物種だった。

八

「みんな大変だったねぇ、ぞんぶんにやっておくれ」

横浜のエルザの家に着いた一同は、思いがけない歓待を受けた。

着替えを用意し、湯あみまでさせてくれた上のことである。

さっぱりした一同の前に並べられたのは、飲茶《ヤムチャ》の料理。

「これは見事な……」

十兵衛は思わず吐息を漏らした。

餃子《ギョーザ》も春巻きも焼売《シューマイ》も、具には肉を使っていない。

海のものならば日の本の人々の口にも合うと見なし、透き通った皮に蒸し海老をくるんだ餃子や雲呑《ワンタン》、すり身を混ぜた団子といった品々を用意してくれていたのも嬉しい限り。

すべて、王の知り合いが出向いて用意をしてくれたのだ。

横浜に居留しているのは、金髪碧眼の人々だけではない。

イギリスやフランスなどの商人たちに雇われ、あるいは自分の意志で上海や香港から渡って来た清国人も、買弁《ばいべん》（通訳・世話人）や各種の雑役を仕事とし、居留地で暮らしていたのである。

大陸の料理は、異国情緒もたっぷり。

飲茶の席など誰もが初めてだったが、なぜかくつろげる。

人見知りで小食の智音も気に入ったらしく、点心をもりもり平らげる。

そしてジェニファーはと見れば、先程から顔色が冴えていなかった。

智音が旺盛な食欲を発揮しながら、隣にぴったり寄り添っていたからだ。

困ったことである。

そーっと席を立とうとしても、ドレスの袖を摑まれていて逃げられない。

生意気盛りの金髪娘も、これでは形無し。

先日に続き、智音は目をきらきら輝かせていた。

「かわいい～」

ぷいと横を向いても、

「かわいい〜」

ここまで惚れ込まれては、さすがのジェニファーも意地悪をするどころではないというもの。

エルザも早々に遥香と打ち解け、片言の日本語で談笑中。

「そなたはうつくしいな。そのひとみ、ほしがかがやいておるようだ」

「まぁ、恐れ入りまする」

そんな様子を横目に、美織は一人だけ落ち着かずにいる。

護衛の役に立たず、結局は助けられてしまったことを恥じてもいた。

気分が沈んでいては、せっかくの料理も喉を通らない。

先程から暗い顔で溜め息を吐くばかりで、茶も口にしていなかった。

飲茶に用いる碗は、日の本の湯呑みより二回りも三回りも小さい。

だから飲み干すたびにお代わりを注いでもらえるのだが、美織の前に置かれた茶はまったく減っていなかった。

一同の給仕をしていた王も、どうしたものかと困惑顔で十兵衛を見やる。

王に黙ってうなずき返し、十兵衛は立ち上がった。

「美織どの、しばしこちらへ」

「十兵衛どの……」

一体、どういう風の吹き回しか。

どきどきしながら付いていくと、向かった先は厨房《ちゅうぼう》だった。

十兵衛にとっては、勝手知ったる空間である。

以前に寄宿していた折に料理番を任されていたので、焜炉《こんろ》の火加減から調味料の配置に至るまで、きっちり把握できていた。

久しぶりのキッチンに立ち、十兵衛はぼそりと切り出した。

「手伝《てつど》うていただけませぬか、美織どの」

「な、何をいたすのですか」

「決まっておりましょう。追加の品々を拵えるのです」

「我々が、でありますか？」

「ご覧になられたでありましょう。遥香ばかりか日頃は小食の智音まであの食べっぷりでは、お代わりを催促されるは必至にござる。料理人たちを帰してしもうたとなれば、拙者が用意つかまつるより他にありませぬ」

「されど、私は料理などやったことが……」

美織は戸惑っていた。

念願だった十兵衛の手伝いを出来るというのに、いざとなって自信が持てずに困っている。

今まで台所に立ったことなど、一度たりとも無いからだ。

大身旗本の息女となれば、無理もない。

「ご心配は無用にござる。いちからお教えいたす故、まずは手を洗うていただきましょう」

促す十兵衛の笑顔は力強い。

エルザの屋敷の厨房には、天火のオーブンまで備え付けられている。

まず十兵衛が教えたのは、火の扱い方だった。

「料理をいたす場において、炎は諸刃の剣《つるぎ》に等しきものと心得てくだされ」

「危ないのは包丁ではありませぬのか？」

「否。より慎重を要するのは炎にござる」

告げる口調は重々しい。

「刃は扱いを誤っても己が傷付くだけで済みますが、火を出さば家中はもとより隣近所、下手をいたさば御城下にまで害が及びまする。火事の恐ろしさは他人事《ひとごと》には非ず……くれぐれもご注意なされよ」

「し、承知」

美織は神妙にうなずき返す。

黒髪を束ね上げ、両袖をたくし上げる。

エルザが用意してくれた着替えは、男の着物と袴。

湯あみをして埃を落とすまで、美織のことを男と思い込んでいたらしい。

日頃から男装で過ごしているので不都合はなかったが、十兵衛の手伝いをする間だけは女として扱ってもらえぬのが気に障る。

ここは一番、女らしさを見せてやろうではないか。

「次は何をいたさばよろしゅうござるか、十兵衛どの?」

「粉を捏ねてくだされ」

「はい!」

勢い込んで答えるや、美織はボウルに取り付いた。

小麦粉に少しずつぬるま湯を混ぜていく。

「その調子にござる」

あんを練りながら十兵衛が微笑んだ。

「さすがは美織どの。手の内の締まりがよろしゅうござるな」

「まことですか？」

「世辞ではござらぬ。麦粉がだまにならぬのが、何よりの証しと思うてくだされ」

「成る程……」

美織は夢中になっていた。思っていたより、面白い。

調子が乗ってきた美織に手伝ってもらいながら、十兵衛が作り上げたのはあんまんと胡麻《ごま》だんご。

「良い香りですね」

ほかほかと漂う湯気に、美織が目を細める。

ふんだんに甘みを利かせた菓子を、飲茶の席では甜点心と呼ぶ。

以前に王が振舞ってくれた桃まんじゅうやさまざまな揚げ菓子、杏仁《あんにん》豆腐などといった品々は、残念ながら作り方が分からない。

横浜に逗留している間に、ぜひ覚えたいものだった。

「みごとだ、ジュウベエ」

湯気の立つ胡麻だんごを一口齧《かじ》り、エルザは感心した様子で言った。

「うんうん、きじがもっちりしているよ。おまえ、腕を上げたねぇ」

「拙者ではござらぬ」

すかさず十兵衛は続けて言った。

「生地を練り上げたのは美織どのにござる」

「ほんとかい？」

エルザは青い目を丸くした。

「そっちの女ザムライ……たしか、メリーと言ったっけ」

「美織にござる」

ムッとしながらも、美織の表情は明るい。

一同が舌鼓を打つ中、智音だけは相も変わらぬ憎まれ口。

「ちっともあまくない。かわもかたいよ」

「やめなよ……」
ジェニファーがはらはらしている様が、何ともおかしい。
それでいて智音も、もぐもぐ食べるのは止めなかった。
子どもの本音は、言葉より態度に出るもの。
女人もまたしかりである。
初めて手がけた菓子を味わいながら、美織は微笑む。
(少しは女らしいと思ってもらえただろうか……)
なごやかな雰囲気に安堵する一方、十兵衛に寄せる想いを更に強めていた。

第三章　afternoon tea

一

左手が回復するのを待ち、十兵衛たちは江戸に戻った。

信義はわざわざ深川まで駕籠で乗り付け、一同の帰りを待っていてくれた。

「おうおう、しばらく見ぬ間に大きゅうなったのう」

真っ先に智音を抱き上げ、嬉々とする姿は好々爺そのもの。

あれから仁吉の嫌がらせも止み、笑福堂は無事だった。

留守の間も甚平が折に触れて足を運び、風を通しておいてくれたおかげで、中はどこも傷んでいない。

「懐かしいですねぇ。ほら、畳も良い香りですこと……」

つぶやく遥香の傍らで、智音がこくんとうなずく。

「気持ちいいね、ははうえ」

そんな二人を見守りつつ、十兵衛も安堵していた。

横浜も過ごしやすい土地であるが、やはり江戸はいい。

すでに十一月も末である。

ようやく江戸に戻れて、十兵衛たちは感無量であった。

皆の協力が無ければ難しかっただろう。

十兵衛の左手は順調に回復しつつある。

傷を受けた辺りの皮膚が固まり、足の裏を触っているような感じがするのは相変わらずだったが、激しく動かしても痺《しび》れを覚えることはない。試しに木刀で素振りをやってみても、手の内がぶれたりはしなかった。

横浜でエルザに紹介された西洋医シモンズの手術を受け、経過も良好。

この調子ならば、再び刺客を差し向けられても後れは取るまい。

十兵衛は自信を取り戻していた。

二

幾日か経った頃、信義が菓子作りの依頼を持ち込んできた。

「落ち着いたかの、おぬしたち」

「おかげさまで息災にしております」

「それは重畳……されば、一つ頼みを聞いてもらえぬか」

そう言って信義が切り出したのは、思わぬ話だった。

来る二月十一日に、将軍の家茂《いえもち》公が和宮と祝言を挙げる。

「拙者の菓子を、上様と宮様……いえ、御台所《みだいどころ》様に献上つかまつれとの仰せでありますか、ご隠居さま？」

「よしなに頼むぞ、十兵衛」

「されど拙者は……」

「自信を持て。そのほうの腕を見込んでのことじゃ」

甘味好きの和宮に、降嫁の祝いを贈りたい。

首尾よくお褒めに与れば、そのときは十兵衛の名を明かす。そうすれば、下村藩の討手に怯えることも無くなるだろう。ここは一番、是非とも励んでもらいたい。

「そのほうらのためになる話ぞ。しかと励んでくれ」

「ははっ」

かくして十兵衛は日々の商いに励みながら、案を練り始めた。

むろん、かつてなく難しい仕事なのは承知の上だ。

信義がさりげなく告げてきた一言も、悩ましいものだった。

「必ずしも京菓子にこだわるには及ばぬぞ」

信義がそんなことを口にしたのは、幕臣ならではのことと言えよう。

幕府は和宮を徳川家に取り込むことで、公武合体を図ろうとしている。

生まれ育った京の都から引き離した以上は、思い出させるのも避けたい。

今や、世間は攘夷派が主流になりつつある。

かの井伊直弼を皮切りに、異国人の要求を受け入れた高官は幕府と大名家の別を問わず、暗殺の槍玉《やりだま》に挙げられる時代であった。

そんな最中、西洋かぶれの菓子職人に贈り物を作らせるとは言語道断。

怒った攘夷派の大名たちが、信義に難癖を付けてきたのも無理はなかった。


なぜ、十兵衛のことが大名たちに知れたのか。

噂の出どころは松三だった。

たまたま信義が笑福堂を訪れたところに来合わせ、乗物を担いできた陸尺から話を聞き出したのである。

吹聴した松三に、もとより悪意など有りはしない。

「すげぇ奴だよなぁ、笑福堂の旦那は……悔しいこったが、おはるちゃんが頼りにするのも無理はねぇやな。へっへっへっ」

人足仕事の先々でそんなことを言い回ったのは嫌がらせでも何でもなく、地元の名店を自慢したいと願えばこそ。

だが、それは迂闊な振る舞いだった。

松三たち人足衆の会話を聞きつけたのは、攘夷派大名の屋敷で働く中間《ちゅうげん》。そして下士から上士に話が伝わり、瞬く間に主君の耳にまで達してしまったのだ。

「おのれ、老いぼれめ！」

大名たちの怒りの矛先は、直に信義へと向けられた。

職を辞して久しい今も、信義は折に触れて登城している。

家茂公のお気に入りなので誰も文句は言えぬし、知勇兼備の頭の冴《さ》えは老いても侮れぬものだった。

しかし、こたびばかりは幕閣の面々も庇《かば》いづらい。

十兵衛に菓子作りを命じたのは、完全な信義の独断だからだ。

ただでさえ大名たちとの関係がよろしくないのに、とばっちりを受けてしまっては堪らない。

まったく動じずにいたのは、当の信義だけだった。

「ご隠居、本日のところは早々に下城なされては……」

「左様にございまする。お歴々がご立腹にございますれば……」

「心配には及ばぬ。下がりおれ」

小姓たちが案じるのを意に介さず、家茂公に目通りしようと廊下に出る。

待ち受けていたのは、廊下沿いの座敷にそれぞれ控える場所を与えられた諸国の大名たちだった。

「待たれい、岩井殿！」

「如何なる所存か、答えよ！」

声を荒らげて問い詰められても、信義は泰然自若。

「騒々しいのう、ここは殿中にござるぞ」

「もとより承知の上じゃ。老いぼれめ！」

大名の一人が、負けじと前に立ちはだかる。

それでも信義は動じなかった。

「上様にお目通りいたす故、退いていただこうかの」

「お、おのれっ」

「今一度申すが、ここは殿中ぞ。妙な真似は止められよ」

「何を！」

「声が大きい。上様のお耳に達したら何といたす所存か。つまらぬことでお咎めを食うては、お国許の臣民に申し訳が立つまい」

「むむっ……」

「文句があるならば、屋敷に訪ねて参られよ。逃げ隠れはいたさぬ故な」

「…………」

「もうよろしいかの、各々方？」

ずいと信義は前に出た。

思わず大名たちは道を開ける。

「御免」

貫禄負けした大名の脇を通り抜け、信義は廊下を渡っていく。

隠居の身でも常に堂々とした姿勢を崩さず、家茂公には贈る菓子への期待を高めてもらう一方で、誰に何を言われても動じずにいた。

三

「ご隠居さまが、そんなことを？」

「父上から聞いたのだ。生きた心地がせぬと申しておられたよ」

「無理もありますまい……」

美織から話を聞いた十兵衛は、深々と溜め息を吐いた。

信義も無茶をするものである。

当人にしてみれば当たり前のつもりなのかもしれないが、このご時世に大名たちをむやみに刺激するのは、百害あって一利なしというものだ。

「ご隠居さまは如何なるご所存なのでしょうか、美織どの」

「察するに、武威《ぶい》を示しておられるのではないか……」

「武威、にございまするか？」

「左様。上様をお護りするため、攘夷を速やかに決行せよと吠《ほ》えるばかりの諸侯に敢えて刃向《はむこ》うておられるに違いない。私はそう判じておる」

「されど、このままではご隠居さまは憎まれ役になられるばかりです。何事もなければよろしいのですが……」

つぶやく十兵衛の表情は暗い。

信義の口を塞ぐべく、刺客を差し向ける大名が出てくるかもしれないからだ。

そんな不安は早々に的中した。

案の定、攘夷派を代表する水戸藩から、手練の剣客がやって来たのである。

その男は、甚平も敵わぬ強敵だった。

無駄に血を流すことを好まぬのも、真の腕利きなればこそ。

その夜、刺客は音も立てずに信義の屋敷内に侵入した。

六尺豊かな巨漢なのに、身ごなしは俊敏そのもの。

気配を消す、隠形《おんぎょう》ぶりも完璧であった。

「何奴！」

「黙って寝ておれ……」

不寝番の家士に当て身を喰らわせ、奥へと続く廊下を進む。

押っ取り刀で駆け付けた、他の家士たちも敵ではない。

「う！」

「わっ⁉」

「ぐえっ！」

続けざまに打ち倒されて、残るは甚平ただ一人。

精強な刺客が刀に手をかけたのは、甚平が抜刀した刹那であった。

「ヤッ！」

「トォー」

気合いの応酬に続き、二条の刃が激突する。

次の瞬間、廊下に血が滴《したた》り落ちる。

すれ違いざまの一刀で甚平が裂かれたのは左肩。

「く！」

刀を振るう軸となる部分をやられては、持ち前の刀勢の鋭さも半減だった。

負けじと向き直った刹那、刺客は柄頭を前に突き出す。

みぞおちを目がけて一撃したのだ。

「ま、待てぃ……」

懸命な制止も空しく、刺客はずんずん先へと進んでいった。

このままでは、信義が斬られてしまう——。

遠退《とおの》く意識と戦いながら、甚平は辛うじて踏みとどまる。

傷を厭《いと》わず、よろめく足で甚平は走った。

向かう先は深川元町。

十兵衛の他に、太刀打ち出来る者はいない。

そう判じた上での行動だった。

四

招かれざる客を、信義は静かに迎え入れた。

「何用じゃ、そのほう？」

「お命を頂戴つかまつる。覚悟なされよ、ご老体」

「まぁ、待て」

動じることなく、信義は座れと促す。

「儂を老人と呼んだな。されば長幼の序を示すがいい」

「成る程、それは道理だ」

意外にも逆わず、刺客は前に腰を下ろした。

刀も鞘に納めはしたが、油断は禁物。

信義は、かつてない緊張を強いられていた。

慣れた政《まつりごと》の場での論争とは、また違う。

やり込めた政敵の恨みを買い、刺客を差し向けられたことは幾度もあった。

だが、これほどの手練を送り込まれたことはない。

まして、今は孤立無援。

気力で負けたときは、斬られるときなのだ。

もとより剣の腕では及ぶまいし、床の間の刀架《とうか》に手は届かない。

ならば、今は胆力で立ち向かうしかあるまい。

「話を聞こう……」

向けた視線を離すことなく、信義は口を開く。

「まずは生国を教えてもらいたいところだが、明かすまいの」

探るように問うて早々、刺客は答えた。

「水戸にござるよ、ご老体」

態度も口調もさばさばしている。

よほど腹が据わっていなくては、こうは振る舞えまい。

後で確実に信義を仕留められると、確信してもいるのだろう。

それにしても、水戸の出とは。

「成る程のう……」

信義は得心した。

水戸藩は徳川御三家でありながら、尊王の気風が強い大名家。

時流に流される他藩と違って、将軍家よりも朝廷を尊ぶ思想は江戸開府の昔から徹底していて揺るぎない。

説き伏せるのは至難と言うしかあるまいが、弱気になるのは逆効果。

論争も決闘も、自分を曲げたときが敗北の始まりというものである。

「まぁ、聞け」

信義は腰を据えて語り出した。

「そのほうとて甘味の一つや二つは喰らうであろう。どのみち食するならば美味いに越したことはあるまい。なればこそ、儂は洋の東西を問わぬのだ」

「…………」

無言で見返す刺客に、信義は続けて問いかける。

「そのほうも口にいたせば分かる。何なら待つか」

「時を稼ぐのは止《よ》せ、ご老体」

「ふん、儂を見くびるでないわ」

信義は鼻で笑ってみせた。

大した度胸である。

「儂が勧めたいのは、深川は元町に店を構え居る男よ。そのほうも評判ぐらいは耳にしておろう」

「十兵衛とか申す西洋かぶれか……そやつもいずれは討つ所存ぞ」

「待て待て、それは勿体ないぞ」

信義は負けじと語り続けた。

もとより時間稼ぎだったが、おくびにも出しはしない。

「そのほうも一度口にいたさば分かる。あやつの拵える半生かすてらは絶品ぞ」

「………」

「何も洋菓子ばかりではない。十兵衛は古今の菓子にも通暁しておる。必ずやそのほうの気に入るものを作ってくれるであろうよ。はははは」

そう言われても、刺客は聞く耳など持ちはしない。

正しく言えば、耳を傾けてはいる。
しかし、信義に向けた顔は無表情。
両の肩から力がきれいに抜け、いつでも抜刀できる体勢を取っている。
（これまでか……）
信義は覚悟を迫られていた。
と、部屋の障子に影が映る。
わざと十兵衛が姿を見せ、声まで発したのは、信義を安心させるためだった。
「お待たせつかまつりました、ご隠居さま」
刺客がかかってくるのも、むろん承知の上だ。
障子が裂け、白刃が迫る。
応じる十兵衛に隙は無かった。
抜き合わせた刀身は、寸の詰まった二尺四寸物。
横浜から江戸へ戻るとき、エルザが買ってくれた一振りである。
カーン
鋭い金属音を上げ、刺客の突きが阻まれる。

「うぬっ」

刺客が怒号を上げた。

必殺の突きを止められるとは、思ってもみなかったのだ。

これ以上、後れを取ってはなるまい。

音を立てて、障子が廊下に倒れ込む。

走り出た刺客を、十兵衛は真っ向から迎え撃った。

柄を両手で握っている。

左右共に、五指も、手の内が決まっていた。

隙間が空いたり、たなごころが柄と密着している。

隙間が空いたり、上から被せるように握っていてはうまくない。

十兵衛の手の内が正しいことは、続く応酬で証明された。

「ヤッ」

刺客が気合いと共に斬りかかる。

頭上から振り下ろす、勢いの乗った一撃だ。

キン！

金属音が闇を裂く。

重たい一撃を受け止めても、十兵衛の刀身はぶれない。

もしも握りが甘ければ衝撃に耐えきれず、刀を打ち払われていただろう。

対する刺客も、手の内が練れていた。

斬撃を阻止されても慌てることなく、サッと受け流しに振りかぶる。

柄を握った両手を頭上に持っていき、正中線——人体を縦に二等分した線上から離さぬように動かして、刀身で上体を防御したのだ。

切り返しの一刀で、十兵衛が斬ってくるのを予期してのことである。

キーン
冴えた金属音と共に、刺客の刀身が旋回する。

このとき、手の内は緩んでいた。

ギュッと握っていれば、こうはいかない。

逆らわず、十兵衛に打ち込まれた反動を利用して、斬り下ろしやすい位置に刀を持って行ったのだ。

刺客は六尺豊かな巨漢。相手を上回るであろう握力の強さを以てすれば、受けた瞬間に手の内を締め、力任せに押し返すことも出来たはず。

しかし、そこでかわされたら後は無い。

力むことなく、状況に応じて握りの強弱を調整する。

この刺客、ただの剛力自慢な大男とは違う。

刃を向け合う真剣勝負の場に立っていながら、手の内を自在に切り替えることが出来るのだ。

廊下に飛び出した理由も、何も急いたからではない。

ただでさえ、刺客は身の丈が高すぎる。

六尺豊かな長身だけに、腕も長い。

迂闊に部屋の中で渡り合えばたちまち鴨居《かもい》に刃を食い込ませ、返す刀で返り討ちにされてしまう。

自滅するのを避けるため、天井の高い廊下に戦いの場を移したのだ。

十兵衛にとっても好都合なことだった。

こちらも上背があるからだ。

六尺には届かぬまでも、並の男よりは頭ひとつ高い。

小柄な甚平ならば場所を問わず、伸び伸びと刀を振るうことも出来るだろう。

だが、大男たちは屋内での戦いに慎重を要する。

廊下にしても、万全の場ではなかった。

「…………」

「…………」

二人は無言で睨み合っていた。

いずれも肩幅が広い。

とりわけ刺客は廊下を塞ぐほどだった。

天井が高いからといって、ぶんぶん刀を振り回しては命取りだ。

自滅を防ぐためには振りかぶるときと同様、両の拳を正中線上から離すことなく動かすべし。

自分の体の幅から、振るう刀をはみ出させないようにするのだ。

「む！」

「りゃっ」

二人は同時に振りかぶった。

二条の刃が闇を裂く。

いずれも刀勢が乗っていた。

物打《ものうち》——切っ先から三寸（約九センチメートル）の部分が正確に、低く鋭い刃音を上げて迫り来る。

キーン

寸前で受け止めたのは十兵衛。

サッと間合いを取り直し、再び睨み合う。

防御に切り替えたのは正解だった。

ここで相撃ちになるわけにはいかない。

迂闊に命を落としては、遥香と智音を護れなくなってしまう。

万が一のとき、すべてを信義に託すというわけにもいかなかった。

将軍の側近あがりとはいえ、信義の力にも限りがある。

下村藩は石高こそ低いものの、加賀百万石に連なる前田家の一族。

御家騒動の疑いがあると暴いただけでも、無事では済むまい。

大身旗本の隠居という立場を、失わせるわけにもいかないだろう。

それこそ恩を仇《あだ》で返すようなものである。

やはり、十兵衛がやるしかないのだ。

一介の浪人となった身だからこそ、出来ることもあるというもの。

とはいえ、まずは生き延びなくてはなるまい。

刺客は思わぬ強敵だった。

問題は、体格の差などではない。

五体の動きが、驚くほど柔らかいのだ。

(こやつ……)

どんなに腕力が強かろうとも、動きが硬ければ隙が生じる。

逆に、非力であっても俊敏な相手は侮れない。

この刺客は、尚のこと手強そうだった。

まず腰を相手と正対させることが、体さばきの基本として身に付いている。

刀とは、小手先で振るったところで威力を発揮し得ぬもの。

土台となる足場を固め、肩を支点にして大きく振るうことにより、刀勢——遠心力を存分に乗せた一撃となる。

故に小柄で細身であろうとも、体さばきと刀さばきを心得た者は強いのだ。

しかるに、この刺客は複数の要素を併せ持っている。

これを強敵と呼ばずして、何としよう。

臆している場合ではなかった。

刺客一人を制することが出来ずして、一万石を敵に回せるはずがない。

（参る）

十兵衛は眦《まなじり》を決した。

応じて、刺客も起動する。

二人は再び振りかぶった。

揃って力みのない動きである。

体の柔らかさでは、十兵衛も刺客に後れを取っていない。

だが、案じられるのは左の手。

傷が癒えたといっても、相手は凡百の輩とは違う。

先だって生麦村で蹴散らした浪人ども程度ならば、片手でも何とか制することが可能だった。

しかし、こたびの相手は強い。
振りかぶったままの睨み合いが続く。
斬り付けの速さも、二人はほぼ同等。
強いて言えば、刺客のほうがわずかに上を行っている。
故に先程の応酬で、十兵衛は受けに回らざるを得なかったのだ。
同じことを繰り返してはいられない。
と、十兵衛が一歩前に出た。
「む？」
刺客が一瞬戸惑う。
機先を制されたと気付いたときは、もう遅い。
十兵衛の振るった刀が、しゃっと眼前に迫り来る。
「く！」
辛うじて、刺客はその一撃を受け流していた。
弾みで肘が上がったのは、思わぬ不覚。
脇を開けるのは自殺行為とされている。

もしも複数の敵を相手取っていれば、即座にやられていただろう。
慌てて体勢を立て直すや、刺客は雨戸を蹴破った。
庭に飛び出したのである。
両側の詰まった廊下で、いつまでもやり合ってはいられない。
後に続き、十兵衛も庭に立つ。
あちこちに倒れたままの家士は、まだ息を吹き返していなかった。
十兵衛自身が生き延びなくては、活を入れてやるのもままならない。
何事も、生き延びた上のことである。
じりっと刺客が前に出た。
先程のお返しに、先手を取るつもりなのだ。
予断を許さぬ状況だった。
竹刀《しない》での立ち合いならば、勝負を繰り返すこともできる。
だが、二人が手にしているのは共に真剣。
幾度も同じ攻防を展開してはいられない。
されど、十兵衛には、

(斬りたくない)
そんな想いも強かった。
相手が強敵なのは分かっている。
倒さなくては、こちらが危ない。
自分一人の体ではないのだから、尚のことだ。
それでも、
(この男、斬るには惜しい)
そう思えてならないのは、真っ直ぐな剣の遣い手なればこそ。
邪気というものが、まったく感じられないのである。
修行を正しく、地道に積んで来なければ、こうはなるまい。
何とか生かして捕らえられぬものだろうか。
(南無……)
我知らず、十兵衛は胸の内でお題目を唱えていた。
刹那、すっと肩から力が抜ける。
余さず抜いたつもりでいながら、まだ残っていた力みであった。

すっと十兵衛は前に出る。
「こやつ、自ら斬られるつもりかっ」
思わず刺客が口走ったのも、無理はない。
だが、それは捨て身の所作ではなかった。
ひゅっと十兵衛の刀が走る。
大きく弧を描いた一刀が、吸い付くように刺客の刀身を捉えた。
重たい。
「くっ!」
刺客は防戦一方に陥っていた。
どうして、攻め込む余地が見出せぬのか。
頭が混乱していても、理由は肌で感じていた。
十兵衛の動きに、力みは皆無。
斬ってやろう、倒してやろうという意思が、まったく感じられない。
それでいて、斬り付けは鋭く重たいのだ。
もはや受け流すだけで精一杯。

このままでは力尽きるのを待つばかりである。

やむを得ないと思えるのは、なぜなのか。

と、みぞおちに柄頭が打ち込まれる。

動きを止めた一撃は、情けの当て身であった。

五

夜半の勝負は、名乗らぬ刺客の完敗だった。

姓名こそ明かさぬものの、口を閉ざそうとはしない。

「早《はよ》う斬れ。斬らぬのならば自害いたす故、差料を返してくれぬか」

先程から、それればかり繰り返している。

すでに刀は取り上げられ、脇差も帯前に無い。

「まだ生き恥を曝《さら》させる所存か。武士の情けぞ、死なせてくれ」

声を荒らげることなく、刺客は繰り返し頼み込む。

このままでは、埒が明かない。

張りつめた気をほぐしてやるべく、十兵衛は立ち上がった。

台所を借りて、甘味を拵え始めたのである。

ちょうど夜が明ける間際の、市中では豆腐屋が商いを始める時分であった。


「お待たせいたした」

しばしの間を置いて十兵衛が運んできた碗《わん》の中身は、熱々の蒸しプリン。

井戸を使えば冷やすことも出来たが、急ぎで用意するとなれば致し方ない。

「茶碗蒸しならば食べ飽きておるぞ」

こんなときも、甘味好きの信義は文句を言うのを忘れなかった。

ところが、ひとさじ食べたとたんに驚きの声。

「何じゃ、これは……」

味はもとより、香りもいい。

何より信義が驚かされたのは、その妙《たえ》なる風味であった。

以前に食したことのある、和風のものとは明らかに違う。

食べてみると、牛乳を思わせる味がしたのだ。

甘味道楽で好奇心も旺盛な信義は、牛や山羊などの乳を実際に飲んだことがある。しかし屋敷内には置いていないし、すぐ手に入るはずもない。

一体、十兵衛は何をしたのか。

刺客も驚く一方で、不快の念を露《あら》わにせずにはいられない。

「おのれ、西洋かぶれめ……末期《まつご》の一口に非ずば、こんなものなど箸を付けようもないわ……」

そんなことをぶつぶつぼやきながらも、舌は正直なものである。

死を覚悟したとはいえ、攘夷浪士としては西洋菓子など見たくもないはずだ。なのに、口に運ぶさじの動きが止まらなかった。

「ははは。よき食べっぷりにござるな」

頃や良しとみて、十兵衛はタネを明かした。

「これは牛の乳には非ず、豆の乳にござるよ」

「豆の……乳とな……」

呆然とする信義をよそに、刺客はホッと安堵の笑みを浮かべた。

徳川の世で牛乳を口にする者など、皆無に等しい。

数少ない例外は、在りし日の家斉公《いえなり》――子だくさんで知られた十一代将軍が滋養強壮のために好んだ、白牛酪《はくぎゅうらく》と称する加工食品ぐらいであろう。

それにしても、この豊かな香りと風味の源は何なのか。

やはり、本当は牛の乳ではないのか。

「お疑いならば、こちらまでお越しなされ」

そう言って、二人を連れて行った先は台所。

今一度、目の前で作ってみようというのである。

「うむ、間違いなさそうだの」

信義がつぶやく通り、台所の桶に残っていたのは、たしかに豆乳。

そこに砂糖と溶き卵を加えて蒸し上げ、十兵衛はプリンに仕立てたのだ。

甘いだけの茶碗蒸しもどきにならずに済んだのは、舶来《はくらい》の香料の効果だった。

改めて卵液《らんえき》を作った上で、十兵衛は見慣れぬ黒い粒を足していく。

乾燥させた莢《さや》から取り出し、振り混ぜたのはバニラビーンズ。

困ったときに使えと刀とどもエルザが持たせてくれた、貴重品の香料である。

お守り代わりに懐中に忍ばせていたのが、吉と出た。

バニラの香りは、菓子の風味を増し、より豊かなものにしてくれる。

十兵衛の手際も完璧であった。

それでいて、少々不安だったのも事実。

「お口にしていただけて、何よりにござった」

「俺のことか」

「はい」

戸惑う刺客にお代わりを勧めつつ、十兵衛は語りかける。

「食していただけなければ、私の負け……左様に思うて作りました故、もしも吐き出されたときには今一度立ち合《お》うて、貴公にこの場より逃れ出る機を与えるつもりでありました」

「それはまことか」

受け取った器を手にしたまま、刺客は信じがたい表情で見返す。

応じて、十兵衛は静かに言った。

「台所とは戦場に等しきもの――左様に思い定めておりまする故」

「………」

しばしの沈黙の後、刺客はつぶやく。

「台所を戦場と思い定めておる……か……」

口先だけの言葉とは思えない。

つい先程まで刃を交え、命のやり取りをした相手だからこそ、信じられる。

刺客は二膳目の豆乳プリンを嚙み締める。

もはや自害を叫ぶことなく、黙々とさじを動かすばかりであった。

六

横浜では、エルザの商会がますます繁盛していた。

多忙すぎてジェニファーの世話にも手が回らず、子育ては自力でやりたい流儀に反し、やむなくメイドを雇わざるを得ないほどだった。

こういうときに頼りたくなる相手は、やはり十兵衛。

だが、エルザの期待通りにはいかなかった。

「ジュウベエはいそがしいのかい、王」

「客がどんどん増えて、幸先もいいそうです。ボス」

「さいさきって、なに？」

「Good omen……上手くいく見通しが立っているということです」

「それじゃ、きてもらうわけにもいかないねぇ……」

「すみません」

「どうしてあやまるのさ、王？」

「俺だけでは、手が足りぬのでしょう」

更なる発展を遂げつつある横浜で、エルザのビジネスも順調だった。

むろん、トラブルを商いの種にしていれば危険も付き物。

用心棒の王が付いているとはいえ、油断は禁物。取って代わろうとする輩も後を絶たない。

エルザが視線を巡らせる先では、美織がジェニファーと遊んでいた。

あれから横浜が気に入り、たびたび足を運んでいるのだ。

エルザにしてみれば、臨時のメイドを雇ったつもりである。

江戸から一人で出て来たのを屋敷に泊まらせ、食事を振る舞うだけで給金を払わなくていいのだから好都合。

当の美織は、そう見なされているとは考えてもいなかった。

半ば見聞を広めるための、半ば物見遊山の気分での逗留だからである。

されど、エルザの家と商会に出入りする理由は好奇心だけではない。

ジェニファーは可愛いが、エルザの態度はどうにも気に掛かる。

この女、腹に一物含んでいるのではないか。

十兵衛に懸想しているのではと疑う余り、折に触れて監視をせずにはいられない。

長逗留を決め込んだのも、そんな思惑故のことだった。

美織の気持ちを知ってか知らずか、エルザはさりげなく呼びかけた。

「どうだいメリー、あんた、ここではたらくかい」

「何遍申せば分かるのだ。私の名は美織だぞ」

ムッとしながら美織は答えた。

「今の話ならば、御免こうむる」

「ことわるのかい？」

「当たり前だ」

美織は強気であった。

「これでも私は直参の娘。誰が夷狄《いてき》の用心棒など……」

言い掛けた口元を、美織は慌てて押さえる。

さすがに夷狄呼ばわりは行きすぎだと気付いたのだ。

自重したのは正解だった。

「おりこうだね、メリー」

傍らの鞭に伸ばしかけた手を止め、エルザは微笑む。

先を続けて言い放てば、容赦なく打ち据えるつもりであった。

白人、まして誇り高い欧州貴族の血を引く身にとって、東洋の人々は格下だ。

有り体に言えば、猿に等しいと見なしている。

たとえ東洋人の男が目の前にいても平気で着替えをしたり、トイレの扉を開けたままで用を足すことも出来るだろう。

そんなエルザでも、すべての東洋人を見下しているわけではなかった。

たとえば王や十兵衛は、認めてやるべき力がある。

美織も若い女にしてはなかなかの剣の手練で度胸もいいが、残念ながら二人の域にまでは達していない。

故に生意気な口を叩かれ、とっさに鞭で打とうとしたのだ。

国の異なる者の間に、埋めがたい溝があるのは否めぬ事実。

上手く折り合いをつけていくには、お互いの理解が欠かせない。

いずれにせよ、美織では荷が重かった。

エルザの商会は、真っ当な商売ばかりをやっているわけではないからだ。

貿易の上での揉め事を解決したり、腕自慢の船乗りが殴り合う賭け試合を仕切ったりする、裏の商いのほうがむしろ大きい。

開拓中のアメリカ西部にも等しい環境で、多少強くても女に用心棒が務まるはずもないだろう。


「そろそろエドにおかえり、メリー」

エルザは王に命じ、美織を江戸に送り帰すことにした。

何も、道中の安全を案じてのことではない。王を差し向けたのは今一度、十兵衛を横浜に呼び戻せぬかどうかを探らせるためであった。

だが、今や十兵衛は忙しい。

例の牛乳ならぬ豆乳を用いた蒸しプリンを新たに売り出し、笑福堂は大いに繁盛していたからだ。

それでも、恩を受けたエルザが困っているのは無視できない。

「ボスの頼みだ。いそがしいのはわかるが、なんとかならないか？」

「うーむ……」

十兵衛は腕を組む。

店では客たちの目に付くため、王を連れてきたのは二階の板の間。

こちらにも先客が一人居たが、昼寝をしているので警戒するには及ばない。

とはいえ、王にしてみれば気になるのは当たり前。

「ところで、あれはだれだ」

「行きがかりで預かった御仁《ごじん》なのだ」

「おおきな男だな」

「うむ。港の船乗り連中にも見劣りすまい」

「……なぁ十兵衛、あの男に来てもらえないか」

「日下部《くさかべ》どのに、か？」

「おまえのかわりということで、頼む」

「うーむ……されば、話をしてみるか」

かくして、十兵衛はその男を横浜へ差し向けることにした。

日下部五郎《ごろう》、三十五歳。

自害を思いとどまった、水戸藩の刺客である。

あれから五郎は攘夷が本当に必要なのか見極めるべく脱藩し、笑福堂に居候していたのだ。

行きがかり上、十兵衛も断るわけにいかなかった。

自ら命を絶とうとするのを止めて生かしたのは、他ならぬ十兵衛である。いずれは出ていってもらわねばなるまいが、行く末を見届けぬのは寝覚めが悪い。

悪人ではないと分かったからには身が立つようにしてやりたいし、むやみに異人を憎むことが、必ずしも日の本のためにはならないのも教えたい。

しかし横浜行きの話など、五郎にしてみれば寝耳に水。

「異人の飼い犬になれと申すのか、おぬし？」

わななく顔は、怒れる仁王のようだった。

「俺は水戸の男だぞ！　ふざけるのもいい加減にせい」

真剣勝負に完敗し、身を預けはしたものの、憎むべき異人の下で働けと言われては怒り心頭になるのも無理はない。

「落ち着け、日下部どの」

「これが落ち着いていられるかっ。馬鹿にしおって！」

「さに非ず。気散じを兼ね、ちと見聞を広めて参ってはどうかと思うただけだ」

「見聞だと？」

「おぬし、異人に会ったことなど無いのだろう」

「う、うむ。鬼の如く描かれた、絵姿しか見たことは無い」

「それで攘夷を叫ぶとは、ちと性急だな。斬ろうにも、相手が分からぬのでは話にならぬであろう」

「……面目ない」

「ともあれ、一度拝《おが》んでみることだ」

「その異国女に会《お》うた上ならば、何をしても構わぬのか？」

「ただの女ではないぞ。そこの辺りも、おぬしの目で確かめてみるがよかろう」

こうして五郎を落ち着かせ、十兵衛は何とか事を承知させた。

とはいえ、不安は否めない。

五郎は生粋の水戸育ちである。

尊王の気風溢《あふ》れる地で成長し、攘夷の急先鋒《きゅうせんぽう》の一翼を担っていた身なのだ。

あるいはまた信義の前に現れ、天誅《てんちゅう》を下そうとするかもしれない。

身柄を預かって以来、そんな不安も実は感じていた。

しかし、外国人を知れば認識も変わるのではないか。

こたびの話は、格好の逆療法。

そんなことまで期した上で、十兵衛はエルザに預けることにしたのだった。

七

それから十日が過ぎた。

「成る程、上手くやっておるようだな……」

客の入りが一段落した店で手紙を読み終え、十兵衛は微笑む。

水を得た魚とは、五郎のことを言うのだろう。

送り出したときの心配は杞憂に終わり、早々に横浜に馴染んだ様子である。

「ふっ……まずは重畳だな」

手紙を畳もうとしたところに、すっと影が差す。

「美織どの」

「日下部氏《うじ》は何と言うて参ったのだ、十兵衛どの？」

飛脚が来たところに来合わせた美織は興味津々だった。

五郎とは入れ違いになったため、会ってはいない。

それでも六尺豊かで武骨な男と聞けば、気が利かぬであろうことは察しが付く。

まして水戸浪士とは、何事か。

好きな殿御のことを悪く言いたくはないが、十兵衛はどうかしている。

気難しいエルザの許に、そんな男を送り込んだところで上手くいくどころか、それこそ鞭打たれて追い出されるのがオチだろう。

ところが、十兵衛が返してきたのは期待に反する答え。

「ははは、息災にござるよ」

「まことか？」

「閉口しておるのはジェニファーから遊び相手をせがまれ、馬になることぐらいだとしたためてあります。あちらの料理と菓子にも、早々と慣れたようです」

「左様か……」

なぜか面白くない美織であった。

五郎が速やかに順応できたのは、考えるより先に体が動く質なればこそ。真っ当な商いをする裏で、暴力沙汰が飯の種であるエルザと王の手伝いは、実に性に合っていたのである。

黒船の船員たちを相手取っても、後れは取らない。

「四の五の申すな、阿呆め！」

異国の荒くれどもに劣らずたくましく、必要となれば一撃で叩き伏せる腕っぷしと度胸があれば、たちまちエルザの評価を得るに至ったのも当たり前。

言葉の壁も、大した問題にはならなかった。

厳《いか》めしい外見に似ず、五郎は勘働きがいい。

ひとつひとつの単語は理解できなくても、雰囲気でおおよその察しは付く。荒くれどもを相手取る商いに嬉々として勤《いそ》しむうちに、五郎は洋式の食事や菓子にも馴染んでいった。

十兵衛に書いて寄越した手紙の通り、食欲は旺盛そのもの。

「美味い、美味い」

王や知り合いのコックが手掛ける料理をたちまち気に入り、餃子も豚肉入りのを喜んで食べるようになっていた。

十兵衛の人選は、功を奏したのである。

しかし、好事魔多しとはよく言ったもの。

仁吉の魔の手は、横浜にまで伸びていたのだ。

笑福堂と違って、和泉屋には余裕がある。

一旗揚げようと新開地に押しかけた人々を押し退け、出店を構えるぐらいは造作もないことだった。

十兵衛たちの協力者が横浜に居ると知るや仁吉は番頭に店を任せ、着々と行動を進めていた。

「お旗本の姫様がいなくなったと思ったら、今度は水戸っぽなんか引っ張り込んだのかい……まぁ、腕っ節しか取柄はなさそうだけどねぇ……」

そんなことをうそぶきつつ、探りを入れるのに余念がない。

五郎に目を付けたのは、十兵衛が差し向けた人材だからである。

以前に仕入れを絶って笑福堂を窮地に陥らせたとき、小麦粉と卵を廻してやったのがエルザだったことまで、仁吉は突き止めていた。

十兵衛の仲間と思えば、まとめて叩き潰してやらずにはいられない。

むろん、力ずくで挑んだところで勝てはしないと分かっている。

いずれ商売上のことで恥を搔かせ、横浜にいられなくなるようにしてやるつもりであった。

八

程なく、仁吉に報復の機会が訪れた。

「へっへっへっ、もっけの幸いとは、こういうことを言うんだろうねぇ……」

嬉々として拵えている焼き菓子の材料に使ったのは、しけった小麦粉。

これほどの腕を持ちながら、口にできない代物をわざと拵えるとは何事か。

むろん、目的は邪悪きわまることであった。

はじめて横浜に寄港する取り引き相手の英国紳士をもてなすため、エルザが注文したペストリー（ケーキ）とスコーン、サンドウィッチを、すべて傷んだ品とすり替えたのだ。

最初から仁吉が受けた話ではない。

エルザと付き合いのある洋菓子店を脅しつけ、注文を横取りしたのだ。

その店は新興の仁吉に追い抜かれ、今や青息吐息の体たらく。

言うことを聞かざるを得ない相手に、金ずくで無理を強いたのだ。

それでいて、腕は立つから厄介である。

仕上げた茶菓子は、美味そうなものばかり。

いずれも口にするまで粗悪品とは分からぬ仕上がりだった。

仁吉の罠《わな》を見抜いたのは、五郎の様子を見るために暇を作り、横浜へ久々にやって来た十兵衛だった。

「止《よ》せ、王」

器に盛ろうとしたのをサッと止め、割ったスコーンの匂いを嗅ぐ。

「どうした、十兵衛」

戸惑う王の鼻先に無言で突き出し、五郎にも一つ渡す。

「これは……」

「腐っておるな」

齧るなりペッと吐き出し、五郎は顔をしかめる。

それにしても、困った事態になったものだ。

すり替えられたのを見抜いて捨てたのは良かったが、客の一行が訪れる時間までに新しいものを用意しなくては、エルザの面目が潰されてしまう。

「致し方ない。作り直そうぞ」

「出来るのか、十兵衛!?」

いつも冷静な王が慌てたのも無理はない。

ペストリーにスコーン、小ぶりのフィンガーサンド。

いずれも西洋の茶席に欠かせぬものだが、王自身、これまでに拵えたことが一度もない。

料理は王任せにしているエルザも茶菓子だけは譲らず、母娘で楽しむためにいつも自分で支度するからだ。

イギリス人たちにとって、紅茶と菓子は食事に勝る位置づけだという。

とはいえ今から事情を話し、エルザに作り直してもらうわけにもいかない。注文した品が届いたら王に並べさせるだけでいいのだからと安心し、正装させたジェニファーともども、港まで客の一団を迎えに行ってしまったのだ。

「客の数は多いのか」

「……二十だ」

十兵衛の問いかけに、王は冷や汗まみれの顔で答える。

釣られて冷静さを失ったところで、どうにもならない。

意を決し、十兵衛は口を開いた。

「手を貸せ、王。おぬしもだ、五郎どの」

「俺も、か？」

「今は猫の手も借りたいのだ。早ういたせ！」

二人を急き立て、十兵衛は台所に走った。

幸いなことに材料はおおむね揃っていたが、予断を許さないのは生地作り。

「待て待て、五郎どの」

「何だ、この忙しいのに！」

太い腕を摑まれた五郎が吠える。

しかし十兵衛は動じない。

「生地は力任せに捏ねてはいかん。そっといたせ」

「それではよう混ざらぬではないか。ぱさぱさして美味くなかろう？」

「スコーンとはそういうものぞ。生地の粗さが味わいにつながるのだ」

「そうなのか」

「左様。拙者も最初は仕損じたものよ。だから言うておる」

「ふん……。励んで損をしたわ」

「そう申さずに、しかと頼むぞ」

腐る五郎を励ましつつ、十兵衛と王はサンドウィッチを仕上げていく。

パンの買い置きがあったのは幸いだった。

速やかに切り分け、具にしたのは、これも常備のチーズとピクルス。

「きゅうりの酢漬けか……斯様《かよう》な折には重宝するなぁ」

感心しつつ、十兵衛はサッサッと包丁をさばく。

薄く削《そ》ぎ切りにした具材を、王は手際よくパンに挟んでいく。

天火は熱を帯び、準備万全。

スコーンは間に合いそうだが、問題はペストリー。

どうするのかと思いきや、十兵衛は焼き上がった熱々のスコーンを砕き始める。

あらかじめ多めに焼いておいた分とはいえ、不可解な真似である。

十兵衛は手を休めることなく、戸惑う王に告げてきた。

「あれは出来るか、王」

「何のことだ、十兵衛」

「あのふわふわっとした、ジェニファーの大好きな……何と言うたかなぁ……」

「生クリームか」

「左様、それだ！　急き前で頼む！」

「せきまえ……？」

「大急ぎということだ。さ、一気に仕上げようぞ！」

王が泡立てたクリームを、十兵衛は砕いたスコーンと交互に型に詰めていく。

「後はよく馴染ませるだけだ……井戸で冷やしたほうがよかろうが、こたびは勘弁してもらおうぞ」

「だいじないだろう。りっぱなものだ」

「うむ、何とか間に合《お》うたらしいなぁ」

男たちは汗まみれの顔でうなずき合う。

冷や汗を流す暇があれば、とにかく動く。三人とも生来の気性が似ていればこそ協力し合い、速やかに手を打つことも出来たのだ。

最後のケーキが仕上がったのと、客の一行が到着したのはほぼ同時。

切り分けるための時を稼ぐ役目は、五郎が買って出てくれた。

「これはこれはお歴々、ご挨拶代わりに力比べなどいかがかな？」

臆することなく進み出ての口上は、見世物小屋の呼び込みさながら。

エルザが無礼を咎めなかったのは、王が機敏に歩み寄って耳打ちしたからだ。

誘いに応じて、若い商人が進み出る。

一見したところ華奢《きゃしゃ》そうだが、上着を脱いで袖をまくる態度は堂々たるもの。

「貴公、出来るな。名は何と申される？」

「りちゃーどそん……だ」

不敵に笑う男の名はチャールズ・レノックス・リチャードソン、二十七歳。

上海で商会を開いている、イギリスの若き交易商だ。

苦力《クーリー》と呼ばれる人足たちを使役する立場だけに、甘かろうはずもない。時間稼ぎに付き合ってもらうには、申し分のない相手であった。

「くるがいい、サムライ」

五郎をテラスに連れ出し、テーブルを肘置きにして始めたのは腕相撲。

「む！」

「なにくそっ」

勝負を始めた二人を囲み、他の客たちは歓声を上げる。

計算抜きで張り合っているのだから、芝居と疑うはずもない。

かくして茶会の支度は整い、エルザは窮地を脱したのだった。

九

和気藹々《わきあいあい》としたティーパーティーを、男たちは物陰から見守っていた。

「いい女っぷりだな、我らのボスは……」

華やかなドレス姿のエルザに、五郎は見惚れていた。

右腕をぶらぶらさせているのは、リチャードソンを制するのに手こずり、本気を出した後なればこそ。

「もっけの幸いであったのう。ふふ、俺に惚れる日も近いな」

浮かれる五郎に、王は抜かりなく釘を刺す。

「よけいなことをいうな。ボスにみょうなまねをしたら、鞭でうたれるぞ」

「ふん、そんなものは堪《こた》えぬわ」

忠告を屁《へ》とも思わず左腕を曲げ、力こぶを作ってみせる笑顔は明るい。

軽口を叩きたくなったのも役目を果たし、ホッとしていればこそだった。

「それにしても、菓子作りとは存外に疲れるものだな……」

太い指をぼきぼき鳴らし、五郎はいかつい顔を緩ませる。

「良き手際であったぞ、五郎どの」

ねぎらう十兵衛も安堵の表情。

傍らで、王も目じりを下げている。

図らずも褒められて、五郎は思わず念を押す。

「まことか？」

「まこと、まこと」

からかうように、王が連呼する。

本気で馬鹿にしているわけではないのは、目を見れば分かる。

思わず笑みを誘われつつ、十兵衛は続けて五郎に語りかけた。

「いっそ刀を捨てて、専心いたしてはどうだ」

「ふっ、それも悪《わる》うはないか……」

微笑む五郎の表情は、攘夷を叫んでいた頃とは違って穏やかそのもの。

見守る十兵衛の顔も晴れやかだった。

「さて五郎どの、ひと息つくか」

「ならば一杯やろう。ボスがギヤマン（ガラス）張りの棚に仕舞っておる西洋焼酎がな、なかなかイケるのだ」

「盗み酒など止めておけ。拙者が異国の茶席を設けて進ぜよう」

「異国の茶席だと？　てぃーぱーてぃーの真似など我らに似合うまいぞ」

「飲茶を知っておるか、おぬし」

「ヤム……チャ？」

「まずは手並みをご覧《ろう》じろ。王、頼むぞ」

明るく告げるや、十兵衛は再び袖をまくった。

点心を作る手付きは慣れたもの。

王も、器用に塩漬けの豚肉をさばいていく。

夜食にするつもりで練っておいた生地を伸ばし、拵え始めたのは餃子。

安物の小麦粉でも練り上げて滑らかな餅のようにし、微塵《みじん》切りにした葱や生姜を豚肉と混ぜて味付けした具を包んで茹で、汁気たっぷりに仕上げれば申し分ない。

「ううむ、美味そうだのう……」

見守る五郎は興味津々。

一橋家から水戸徳川の養子に迎えられた慶喜公は、豚肉好きで有名。かつて慶喜の護衛をしていた五郎も、その味には慣れ親しんでいた。

と、十兵衛が広い背中を小突く。

「おぬしも手伝え。働かざる者食うべからずだぞ」

「分かった分かった」

五郎は苦笑しながら動き出した。

「あー、腹が減ったわい」

美味そうに漂う匂いに鼻をひくつかせつつ、嬉々として器を並べていく。

広い厨房の片隅には、小さなテーブルが置かれている。

程なく支度は整い、ささやかな饗宴が始まった。

「うむ……うむ……異国の料理は堪らぬのう……」

ぱくつく五郎に、嫌悪感など有りはしない。

十兵衛と出会い、横浜で過ごした日々を経て、武骨なばかりだった水戸浪士は変わったのだ。

異国の実力を知らずに攘夷を叫んだところで意味は無いし、すべての異人が敵というわけでもない。

善と悪が入り混じっているのは、日の本の人々も同じこと。

刀を抜くのは、相手の本性をよくよく見極めた上でなくてはならない。

そう気付いたことで、五郎は楽になっていた。

そして今は、十兵衛が拵える点心に舌鼓を打っている。

「お代わりをくれ、早《はよ》う早う！」

「静かにしておれ。あちらでお歴々がくつろいでおられるのだぞ」

「分かった分かった、早うしてくれ」

苦笑しながらも言われた通り、五郎は口を閉ざして微笑み返す。

換気用の窓から射す陽の光がまぶしい。

男ばかりの厨房は、むさくるしくも和《なご》やかだった。

第四章　ころころだご

一

十兵衛は新大橋の上に立ち、たゆたう川面を眺めていた。

大川を吹き渡る新春の風は、冷たくも爽やかだった。

目を細めて、十兵衛は大きく伸びをした。

日下部五郎の様子を確かめ、エルザたちに別れを告げて、江戸に戻ったのは五日前。

左手の傷も癒えて久しく、再開した日々の菓子作りにも不安は無い。

店の商いは相変わらず小ぢんまりとしたものだが、お茶会を成功させてくれた礼にとエルザが思わぬ大金を寄越してくれたおかげで、懐は温かかった。

気持ちと懐に余裕が生じれば、時には贅沢をしたくなるというもの。

その日、元気潑剌で向かった先は日本橋の人形町。

通りに沿って人形細工の作業場が軒を連ねる一帯には、職人たちが仕事の合間に小腹を満たす、屋台の食べ物屋が数多い。

十兵衛が足を運んだのは、そんな屋台店の一軒だった。

「おや、甘味屋の旦那かい」

ねじり鉢巻きの親爺《おやじ》が、鰻《うなぎ》を焼きながら気のいい笑顔を向ける。

「三串頼むよ、おやっさん」

応じて微笑み返しつつ、十兵衛は巾着《きんちゃく》から銭を出して置く。

ツケが利かぬ屋台では、親しき仲でも現金払いが基本である。

「あいよ」

二つ返事で答えると、親爺は新しい鰻を裂くのに取りかかった。

蒲焼《かばや》きは遥香の好物。

といっても、国許で専ら口にしていたのは鯰《なまず》である。

十兵衛と遥香が生まれ育った下村藩は、能登の内陸に位置する山間の地。領内を流れる吉田川では、鯰と泥鰌《どじょう》がよく獲れた。

鯰は外見こそ不気味ながら身は淡泊で、煮ても焼いても美味いもの。下村藩では切り身を味噌《みそ》漬けにするのが常だったが、十兵衛の父が工夫して江戸前の蒲焼き風に仕立てた一品を慶三が気に入り、側室として御陣屋に上がった遥香も、御相伴に与るうちに好物になったという。

そんな大の好物が鯰から鰻に変わったのは、江戸に居着いてからのこと。十兵衛たちの暮らしが立つように、深川元町の物件を格安で世話してくれた本所押上村の地主が、引っ越し祝いにと振る舞ってくれた鰻重《うなじゅう》がきっかけだった。

鰻を食べれば精が付き、毎日の立ち仕事を乗り切る元気が出る。

とはいえ鰻重を毎度張り込むわけにもいかず、昔ながらの屋台で蒲焼きを買ってやることしか出来ないが、遥香はいつも心待ちにしていた。

今日は、久しぶりの鰻の日だ。

エルザが弾んでくれた礼金を余さず散じれば、歌舞伎芝居を桟敷《さじき》席で見物し、贅沢ついでに特上の鰻重を食べても、お釣りが来るだろう。

十兵衛もそう提案したのだが、遥香はいつものもので十分美味しいのですから……と慎ましやかに断った。

子どもの頃から欲が無いのは、遥香の美徳。

当人が望まぬ贅沢は、かえって負担になるというものだ。

焼き上がるのを待つ間、十兵衛は店先の床机でしばしまどろむ。

このところ国許からも本郷の藩邸からも、刺客の襲撃は絶えていた。

過日に信義が探りを入れてくれたところによると、江戸家老の横山外記は不義者の追討など命じた覚えはござらぬと言い張り、終始とぼけ通したらしい。

たしかに、下村藩は事を表沙汰にはしていない。

側室とはいえ前の藩主の妻が忘れ形見の娘を連れて出奔し、藩の御食事係の倅《せがれ》が逃亡に手を貸したのは一大事。本来ならば早急に幕府へ届けを出し、協力を要請すべきだったが、外記も国家老の津田兵庫も、何ら手を打とうとせずにいる。もしも十兵衛たちが公儀の役人に捕らえられ、洗いざらい白状すれば、自分たちが無事では済まないからだ。

しかし、敵が完全に諦めたとは考えがたい。

ほとぼりがさめれば、再び事を仕掛けてくるのは目に見えていた。

いたちごっこを止めるには、進んで幕府に訴え出たほうがいいのだろう。

だが、それは最後の手段である。

家中の不祥事が発覚すれば、下村藩一万石が取り潰されるは必定。

亡き慶三が尊敬して止まずにいた、前田慶次の名跡が無くなってしまう。

そんな事態を引き起こすことなど、十兵衛も望んでいない。

このまま敵が手を出さずにいてくれれば、それでいいのだ。

遥香と共に智音の成長を見守りながら、市井《しせい》の片隅で仲良く生きていくことさえ出来れば、これに勝る望みは無い――。

いつの間にか、十兵衛は眠りに落ちていた。

起こしてくれたのは、鰻屋の親爺のだみ声。

「せっかくの鰻が冷めちまうぜ、旦那ぁ」

微笑む親爺は、竹皮の包みを二つ用意してくれていた。

はみ出した串から、一つは蒲焼きをくるんだものと分かる。

もう一つの包みは見るからに小さいが、漂うタレの匂いは同じ。

「それは何だ、おやっさん？」

「おまけだよ。ちょいと泥鰌を蒲焼きにしてみたんでな」

「泥鰌となʔ」

「ちょいと味見をしてみねぇ」
きょとんとする十兵衛に、親爺は一串載せた小皿を寄越す。
鰻と同様に裂いたのを細い串に刺し、タレに漬けて二度焼きしてある。
恐る恐る指を伸ばし、十兵衛は口に運んだ。
丁寧な包丁さばきで骨が除かれている。
香ばしく、泥臭さはまったく無い。

「どうだい、旦那」

「うむ……美味い」

「へっへっへっ、そうだろう」
親爺は胸を張ってみせた。

「ちょいと手間ぁかかるが、鰻と違って仕入れが途切れることがねぇんでな。これでなかなか評判もいいのだぜ」

「頂戴しても構わぬのか？」

「礼にゃ及ばねぇよ。こないだ貰った、横浜土産のお返しさね……あの焼き菓子は何て言ったかねぇ」

「スコーンのことか」

「そうそう、似たような名前でも酢昆布より全然美味いって、うちのちびすけが喜んでたよ」

「左様であったのか。私は酢昆布も好きだがな」

「まぁいいやな。持って帰って、おかみさんと酒の肴《さかな》にでもしてくんな」

「かたじけない」

持ちやすいようにまとめて紐《ひも》で括《くく》ってくれた包みを受け取り、席を立つ十兵衛はどことなく照れくさげ。

好意のお返しは嬉しいが、泥鰌というのが何とも面映《おもは》ゆい。

持って帰れば、遥香も同じ反応を示すことだろう。

江戸では町人の男たちが鍋や味噌汁の具にするのを好む泥鰌だが、国許では妊婦が腹の赤子を養い、乳の出を良くするために心がけて口にしている。遥香の場合も例に漏れず、飽きるほど食べたものだと聞いていた。

(智音が嫌がって口にせぬのは、わが身の一部になっておるが故かもしれぬな)

それにしても、泥鰌を土産に貰うとは。

(あのような夢を見たからか……)

新大橋を渡りながら、くすりと十兵衛は微笑んだ。

居眠りをしている間に一炊の夢ならぬ、青臭くも懐かしい過去のひとこまを思い出していたのだった。

二

十兵衛が遥香の懐妊を知らされたのは、屋敷の台所に立っていたときのこと。

第一報をもたらしたのは、母の波津《はつ》だった。

「十兵衛！　十兵衛！」

「騒々しゅうございますぞ、母上」

「おや、つれない素振りですこと」

「当たり前です。ご覧になられてお分かりになりませぬのか」

生地を揉む手を止めることなく、十兵衛は渋い顔で波津を見返す。

作っていたのはこなし、、、だった。

白こしあんに小麦粉と餅粉を混ぜて蒸し上げ、よく揉みこなして生地を作ることから、その名が付いた京菓子である。

「ただいま手が離せませぬ故、お話ならば後にしてくだされ」

「はいはい、ならば待つといたしましょう」

波津は逆らうことなく、台所の続きの板敷きに腰を下ろす。

いつものんびり振る舞う波津は五人の子持ちでありながら、顔立ちは少女のように幼い。兄たちが揃いも揃って厳めしいのに十兵衛だけが童顔なのは、母親似だからであった。

そんな母に、十兵衛は子どもの頃から人一倍可愛がられて育った身。

それだけに、つれなくするのは心苦しい。

「申し訳ありませぬ、母上」

「構いませぬよ。しかと生地を練りなされ」

「長くはかかりませぬ。少々お待ちを……」

気遣いながらも、十兵衛は苛立ちを隠せずにいる。

よりによって、なぜ忙しいときに波津は話をしたがるのか。

気が急くのも、無理はなかった。

今を逃せば、菓子の試作が出来なくなってしまう。

わが家でありながら、父と兄が出仕していて不在の折だけしか、十兵衛は屋敷の台所を使わせてもらえない決まりだからだ。

それというのも、立場の弱い末っ子であればこそ。

十兵衛は、上に四人も兄が居る。

兄たちが揃って壮健となれば、小野家代々の職である、主君の御食事係を継げる可能性は、まず有り得ない。

故に父の礼蔵《れいぞう》も十兵衛には上の息子たちほど厳しい料理の修業を課さず、好きな菓子作りに専心するのを許してくれていた。

そうやって腕を磨いたのが幸いし、非公式ながら慶三の側近くに仕えて日々の御菓子を作る役目を仰せつかったのだから、人の運命とは分からぬものだ。

しかし、待っていたのは良いことばかりではない。

末弟の思わぬ出世は、兄たちの嫉妬《しっと》を招いた。

甘く育てられた末っ子が、どうして主君のお気に入りになれるのか。

しかも御菓子係は集団で御用を務める御食事係と違って、すべて一人の手柄。

このままでは慶三のお褒めを一身に受け、先に出世をされてしまう——。

四人の兄は、そんな危機感を抱いたのである。

小野家を束ねる礼蔵としては、見過ごせぬ問題だった。

父親の立場としては末っ子は人一倍可愛いが、十兵衛ばかりが重く用いられれば上の息子たちがやる気を失い、兄弟の間に不毛な争いが生じかねない。

故に礼蔵は十兵衛に自重を促し、目立つ真似をするなと申し付けたのだ。

幼い頃から負けん気が強く、兄たちの嫉妬など歯牙にもかけない十兵衛も、菓子作りの師匠でもある父の命令には逆らえない。

今日もせっかく父と兄たちが不在の折を狙ったというのに、困ったことだ。

十兵衛は溜め息を吐き、丸めた生地を布巾でくるむ。

せっかく揉みこなしたものの、しばらく寝かせておくしかあるまい。

「おや、もうよろしいのですか？」

「お話を承りましょう……」

顔を上げた波津に、十兵衛は溜め息交じりに告げる。

こなしはねりきりと同様、四季折々の風物を形作って茶席に供する。繊細な意匠を凝らし、色を付けていく作業は無心にならなくては上手くいかない。

口で言うのは容易いが、そこまで集中するのは至難の業。

些細なことでも悩んでいれば、たちまち気は乱れる。

母親をほったらかしにしておいて、没入できるはずもなかった。

それにしても、奇妙なことである。

波津が作業の邪魔をするなど、滅多に無い。

自身は家庭料理しか出来ぬものの、藩主の御食事係を代々務める家に嫁ぎ、夫と息子たちを支えてきた経験は伊達《だて》ではない。火急の用でなければ、集中を乱す真似などしないはず。知らせというのは、よほど大事なことなのだろう。

何はともあれ、ここは謹んで耳を傾けねばなるまい。

十兵衛は頭に巻いた手ぬぐいを取り、前掛けも外す。

「何事ですか、母上」

「良き知らせですよ」

にっこり微笑み、波津は言った。

「ご懐妊です、十兵衛」

「えっ」

「喜びなされ。御国御前の遥香さまが御子を授かられたのです」

「それはまことですか、母上……」

「ほんとですよ。つい今し方、奈美《なみ》が知らせてくれたのだから」

「叔母上が？」

奈美とは波津の妹で、御陣屋で台所女中たちの小頭を務めている。奥女中より格は下だが耳敏《みみざと》く、何かにつけて殿中の出来事を知らせて来るのが常だった。

それにしても、情報が早い。

当の慶三でさえ、側室の腹に新しい命が宿ったことなど知らないはずだ。

十兵衛は昨日の夜も、慶三のために夜食の菓子を拵えている。待望のわが子を授かったとなれば、顔を合わせておいて自慢せずにはいられまい。

気になる理由は、波津の口から明かされた。

「遥香さまは事がはっきりしてからお知らせ申し上げるおつもりで、御殿医どのにこっそり診立《みた》ててもらったそうですよ」

「成る程……」

うなずきながらも、十兵衛は感無量だった。

無理もあるまい。

仲の良かった幼馴染みが、母親になるのだ。

泥だらけで一緒になって走り回っていたのを思い起こせば、尚のこと感慨深い。

屋敷が隣同士の十兵衛と遥香は、きょうだいと同様に育った間柄である。

あちらは一人娘で、こちらには兄しかいなかったのも、自然と仲良くなった理由と言えよう。

十兵衛のほうが三つも下だが、不思議と歳の差を感じたことがない。

今でこそ淑《しと》やかな遥香も子どもの頃にはおてんばで姉気取りだったが、負けずにやんちゃな十兵衛は弟扱いされるのを嫌がり、いつも逆らっていたものだ。

「それにしても、叔母上は早耳ですな」

「うふふ、こういったお話は、女同士のほうが伝わりやすいものなのです」

と、波津はいたずらっぽく微笑んだ。

「さて十兵衛、遥香さまにお祝いをしなくてはなりませんね」

「祝い、にございますか？」

「他ならぬ幼馴染みのためとなれば、お前も腕の振るい甲斐があるはずですよ」

「されど、御上に差し上げる御菓子がまだ……」

「殿様には申し訳ありませぬが、お祝いごとが先ですよ」

あっけらかんと告げると同時に、波津は甲斐甲斐しく袖をまくる。

ぽっちゃりした体付きをしていても、腕には張りがある。水仕事を含めた屋敷内の雑用を女中たち任せにせず、いつも先頭に立ってこなしているからであった。

俵を開き、波津が笊《ざる》に盛ったのはもち米。

「さぁ、お隣に持って行くのです」

「何を作れと申されるのですか、母上」

「決まっておりましょう。ころころだごですよ」

「あれは産み月の前に配るものですぞ。まして今の桐山《きりやま》家ならば、金沢のご城下の名店に頼むことかと」

「だからお前が里江《さとえ》どのに教えて差し上げるのです。御上のお褒めに与りしお前がご教示いたさば、必ずや逸品を拵えることが叶いましょう」

「無茶を申されますな。あのお方は失礼ながら包丁どころか、菜箸も握ったことがないと噂の料理下手にございますぞ」

「何を自信の無いことを。四の五の申さず行きなされ」

「されど、近頃はご無沙汰をしておりますれば……」

「旧交を温めるには良き折でありましょう。さ、早《はよ》う行きなさい」

有無を言わせず、波津はもち米を山盛りにした笊を押し付ける。

そのまま送り出された十兵衛は、隣の桐山家に向かう。

戸惑いながら門を潜《くぐ》り、玄関に立つ。

下級藩士の屋敷に式台付きの立派な玄関が設けられたのは、一人娘の遥香が藩主の側室に迎えられた後のこと。藩領内の村々を見て回る小役人であった父の剛蔵《ごうぞう》の格も上がり、御陣屋勤めの勘定方に出世していた。

だが、良いことばかりだったわけではない。

遥香が御国御前となって以来、桐山家は孤立している。

娘を主君に売り込んで地位を得た成り上がり者と決め付けられ、家中の人々から白い目で見られ始めたからだ。

十兵衛を含めた小野家の全員とも疎遠になり、近頃は朝夕の挨拶も碌に交わしていなかった。

そんな実家の有り様に、遥香も心を痛めているという。

子どもを授かったことが桐山家の孤立を終わらせる良いきっかけになれば、遥香はもとより慶三も、必ずや喜んでくれるはずだ。

慶三は、己の欲望さえ満たせれば良しとする暗君ではない。

遥香のことも遊びではなく、ずっと子が欲しいと願って止まずにいた。

一国の大名である慶三がかくも真剣なのに、遥香の両親をいつまでも不貞腐《ふてくさ》れたままにしておいてはなるまい――。

「御免！」

意を決して式台の前に立ち、十兵衛は声も高らかに訪《おとな》いを入れた。

「何ですか、物売りならば裏口から……」

つれない声で応じながら姿を見せたのは、遥香の母の里江。

着ていたのは高価な打掛《うちかけ》だった。

裾を引きずりながら出て来る様は、哀しい哉《かな》、やはり成り上がり者の愚妻にしか見えない。厚化粧も見苦しく、うどん粉を塗りたくっているかのようである。

「…………」

十兵衛は深々と息をする。

昔の里江は、ここまで品が下がってはいなかった。

不器用でも優しく温かく、似た者同士の剛蔵とどもも、少年だった十兵衛をわが子同様に可愛がってくれたのだ。

それが今では何を間違えたのか、家中の鼻つまみ者に落ちぶれてしまっている。

このままでは、いけない。

目を覚まさせ、いつまでも成り金の馬鹿夫婦と陰口を叩かれぬように、昔の剛蔵と里江に戻ってもらうのだ。

「ご無沙汰をしておりまする。御国御前さまがご懐妊と聞き及び、僭越《せんえつ》ながら祝いの御菓子作りをご教示つかまつるべく、参上いたしました」

「何ですと？　いきなり押しかけてきて、藪《やぶ》から棒に……」

「まずは上がらせていただきますぞ。御免」

驚く里江に一礼し、十兵衛は雪駄を脱ぐ。

剛蔵は非番で屋敷に居合わせていた。

「小野の子倅か？　何事だ」

告げる口調は居丈高。

幼い頃に可愛がってもらったことを思えば、悲しい。

だが、感傷に浸ってはいられない。

何とかしたいと決めた以上、迷いは禁物。

「お久しゅうございまする」

「挨拶など要らぬ。早々に引き取れ」

「そうは参りませぬ。目出度《めでた》き祝いにございますれば」

「何を言うか、未練がましい奴めっ」

剛蔵が殴りかかってくる。

斯くなる上は、当て身を浴びせるしかない。

「ううっ！」

みぞおちを軽く打たれただけで、剛蔵は失神する。

「失礼をつかまつりました」

絶句した里江に一礼し、十兵衛は剛蔵に活を入れる。

今日のところは出直したほうがよさそうだ。

諦めたわけではない。

ころころだごは産み月を迎える前に配るもの。それまでに作り方を教えればいいのである。

幼馴染みのために、自分に出来るやり方で力を尽くす。

そう願うばかりの十兵衛であった。

三

人形町から戻った十兵衛は、すぐに夕餉《ゆうげ》を支度した。

おひつに残っていた冷や飯を丼に盛りつけ、蒸し上げて熱々にする。

後は蒲焼きを上に載せ、吸い物を添えれば出来上がりだ。

塗り椀《わん》に注いだ吸い物は、澄まし汁に青菜を刻み入れただけのもの。

屋台の親爺から余り物の肝を貰ってきて具にしてもよかったが、鰻は食べられる智音も、さすがに肝吸いは受け付けない。

「さぁ、出来ましたぞ」

「ありがとうございまする、十兵衛どの」

湯気の立つお膳を前にして、遥香はにこやかに礼を言う。

隣の智音は常の如く無言だが、箸を取る前に合掌するのは忘れない。

鰻丼は今が食べ頃だった。

付け焼きにした身から熱でタレが溶け出し、程よく飯に染みている。

湯気と共に漂う匂いも堪らない。

「まぁ、美味しそうですこと……」

思わず目を細める遥香をよそに、智音は黙って食べ始める。

箸先でほぐした鰻の身と飯を一緒にして、小さな口の中に入れていく。

江戸に来た当初は濃厚な味を受け付けず、小骨もいちいち気にしていたが、近頃はすっかり慣れたもの。食べる速さこそゆっくりしているが大人に負けず、一串の蒲焼きをぺろりと平らげてくれるのだから頼もしい。

旺盛な食欲を発揮する娘を見守りながら、遥香も慎ましやかに箸を動かす。

何も言わずとも、笑みを絶やさぬ横顔を見れば胸の内は察しが付く。半月ぶりの大好物をしみじみと、満足そうに味わっていた。

頃や良しと見て、十兵衛は新たな一品を持ってくる。

皿に盛られて出てきたのは、おまけの泥鰌。

「これも蒲焼きなのですか、十兵衛どの……？」

「お察しの通りにござる、御前さま」

不思議そうに見つめる遥香に、十兵衛は微笑み返す。

「あらかじめ毒味をつかまつりました。小さくとも鰻に劣らず美味なれば、ご存分にお召し上がりくだされ」

「まぁ」

遥香は感慨深げに目を細めた。

蒲焼きにされた泥鰌は食べやすく、串から抜いて皿に並べてある。

母親が食べ始めれば、智音も黙って見てはいられない。

続いて箸を伸ばし、そーっと一尾をつまみ上げる。

口に入れるのを躊躇《ちゅうちょ》したのは、頭が付いているのを見て取ったからだった。

「大事はございませぬ。どうぞお召し上がりなされませ」

迷う智音に十兵衛は呼びかける。

「そのまま齧っていただいても、歯が痛《いと》うなることはありませぬ。鰯《いわし》の丸干しより
も柔らこうございます故な」

「ほんとに？」

「お疑いならば、今一度毒味をつかまつりましょう」

疑わしげに問うてくるのに微笑み返し、十兵衛はつまみ上げた泥鰌をひょいと口
に入れる。

笑顔で嚙み締めるのを見届けるや、負けじと智音も食べ始めた。

「如何《いかが》ですか、お味は」

「……ちょっと……にがいよ」

「ほほほ、智音には少し早かったかもしれませぬね」

しかめっ面で舌を出す様を、遥香は可笑《おか》しげに見やる。

微笑みながらも感慨深げなのは、智音を授かった当時を思い起こせばこそ。

「この子を宿しておる間、果たして幾匹口にしたことか……我ながら、よう食べましたねぇ」

「父から聞いておりまする。毎日欠かさず、お召し上がりになられたそうで」

「まこと、懐かしゅうございまする」

遥香は改めて目を細めた。

「産み落としてからも日々食しながら乳をやっておりました故、この子の体は泥鰌で出来ておると言うていいのやもしれませぬね」

「ははは、それは可笑しゅうございまするな」

十兵衛も笑みを誘われる。

と、遥香が思わぬことを口にした。

「そうそう。覚えておられますか、十兵衛どの？」

「何でありまするか、御前さま」

「わが家よりご近所じゅうにお配りいたしした、ころころだご……あれは貴方さまが拵えてくださったのでありましょう」

「滅相もございませぬ。あれはお母上様が御自ら」

「母から聞いておりまする。私がこの子を授かって早々にお越しになられ、一から手ほどきをしてくださったそうですね……こんなに美味しいころころだごは食べたことがないと喜ばれ、ご家中の皆様から疎んじられていた父も、面目を施したものです。遅ればせながら、御礼を申しますぞ」

「恐れ入りまする……」

あのとき桐山家を訪問し、その後もしばしば通って里江に教えたのは「ころころだご」と呼ばれる団子の作り方。

加賀百万石とその支藩では嫁に出した娘が懐妊し、産み月を迎える前の戌《いぬ》の日に卵形の餅を拵え、隣近所と親族一同に配る習わしがある。

お産が軽い犬にあやかった上で、赤ん坊が「ころころ」生まれてくるのを願って作られる団子は、単なる贈答品とは違う。

丈夫な子どもが誕生するのを周囲の人々にも祈ってもらうと同時に、相互の付き合いを深めるために欠かせぬものなのだ。

もしも十兵衛が波津の助言を聞かず、産み月が来るずっと以前から団子の作り方を手ほどきすることを始めていなければ、どうなっていたことか。

遥香の両親は慢心したまま何もせず、お義理に配るにしても、すべて名のある店に任せきりにしていたに違いない。

金に飽かして高価な菓子折りを用意したところで、成り金ぶりに嫌気が差した隣近所は誰一人として喜ばず、付き合いは今に至るも絶えたままだったはず。

遥香が慶三を毒殺した罪を着せられ、智音ともども御陣屋の座敷牢に幽閉されてからも、隣近所の人々は桐山家を爪はじきにはしなかった。

藩の役人から咎められるのを避けるため、表向きは付き合いを控えながらも人目を忍んで届け物をしたり、励ますことを欠かさずにいたものである。

とはいえ十兵衛たちの出奔後、どうなったのかは分からない。

すべては自分の一存でやったこと、小野家も桐山家も無関係と書き置きを残してはきたものの、下村藩が何も咎めなかったとは考えがたい。

まとめて処刑されるまでには至らぬまでも、良くて家代々の禄《ろく》を減らされ、悪くすれば御役御免になった上で、閉門を申し付けられていたかもしれなかった。

家族の処遇を思えば、十兵衛も遥香も胸が痛い。

泥鰌に伸ばす手が、同時に止まる。

無心にもぐもぐ食べ続けるのは智音のみ。

そんな智音も、二人が黙り込んだのに気付いた。

「どーしたの？」

「何でもありませぬよ。もう足りましたか」

「はい、母上」

「ならばご馳走さまをして、寝支度をしなされ。お着換えは一人で出来ますね」

「はーい」

箸を置き、智音がぱたぱた駆け去った。

二人きりになった十兵衛と遥香は、どちらからともなく見つめ合った。

「父と母はどうしておるのでしょうか……」

「確かめねばなりませぬな、御前さま」

「やってくれますか、十兵衛どの？」

「いつまでも放ってはおけますまい」

十兵衛は力強くうなずいた。

刺客の襲撃と仁吉の嫌がらせが一時止んだからといって、手放しに安堵していてはいけない。
本腰を入れて反撃に転じる上でも、家族の無事を確かめることは必須。
年も改まったというのに、大人しくしてばかりいてはなるまい。
十兵衛に不安は無かった。
左手の傷は癒え、強敵だった五郎との勝負を制したことで自信も付いた。
店の商いも持ち直し、日々の暮らしも無理なく成り立っている。
だが、このまま安穏と過ごしていてはなるまい。
生ある者は、死者の存在をつい忘れがちである。
今年も慶三の命日は巡ってくる。
目出度い嘉祥の当日に最期を遂げた、主君の無念を晴らしたい。
そのためにも、国許の情勢を確かめることは必要だった。
「無理を申してすみませぬ」
申し訳なさげに遥香は目を伏せる。
それでいて、続く言葉は力強い響きを帯びていた。
「これは十兵衛どのにしか頼めぬこと……しかとお願いいたしまするぞ」

「お任せくだされ」
答える十兵衛の声も力強い。
何も遥香だけのためにに、危険を冒すわけではない。
己自身のため、ひいては下村藩のために、是非は正さねばならぬのだ。
(待っていてくだされ、御上)
新たな使命を自覚した十兵衛であった。

あとがき

本日は牧秀彦の最新刊『甘味屋十兵衛子守り剣2　殿のどら焼き』をお手に取っていただき、まことにありがとうございます。

このシリーズの第一作を執筆した昨年（二〇一二年）春、私は時代小説家として十年目を迎えました。デビュー作『抜刀秘伝抄』以来、剣豪小説ばかり書いてきた私がはじめて手がけた料理もの、それもお菓子がテーマの物語です。

本作品の主人公は小野十兵衛《おのじゅうべえ》、二十七歳。加賀百万石の支藩のひとつだった下村《しもむら》藩（史実では江戸時代の初期に廃藩となりましたが、作品の中では幕末まで続いていたという設定にさせていただいております）から江戸に逃れ、亡き藩主の側室と幼い娘を養うために甘味屋を営む青年です。

第一作『甘味屋十兵衛子守り剣』の刊行後、読者の皆様から賛否両論のご意見をインターネット、お手紙やお電話で多数頂戴しました。これまで手がけた本の多くがノンフィクションを含め、剣豪や剣術の流派、日本刀をテーマとするものだったからなのか、牧は剣豪ものだけ書いていれば良い、何もお菓子の話などやらなくていいではないか、と苦言を呈してくださる方もいらっしゃいました。

ご意見をいただけるのは有難いことですが、なぜ私がこのところ新しいテーマに敢えて取り組んでいるのか、この場をお借りして表明させていただきます。

冒頭で申し上げた通り、私は作家デビュー十周年を迎えました。

二十九歳で会社勤めを止《や》め、フリーのライターとして働いた時期まで含めれば足掛け十五年、文筆の仕事に携わってきたことになります。

振り返れば長かったようですが、実は私、時代小説家としては若手であります。

現代小説では二十代の書き手の方が次々にデビューされていますが、この分野に入ってこられる若い方は少なく、今年四十四歳の私が未だに最年少の一人。昨今の時代小説ブームを支えておられるのは、ほとんど上の世代の先生方なのです。

まだ若手なのに、安定を求めてはいけないのではないか。

得意なテーマばかりを選ばず、書き手として成長するためにも、積極的に冒険をするべきではないだろうか――。

そう思い立った私は一昨年から今年にかけて、これまでとは違った作品の執筆に意識して取り組んで参りました。

剣の達人でありながら恐妻家で、人を斬ったことのない旗本が幕閣の政争に巻き込まれる『婿殿開眼』。

仕事の鬼だった北町奉行所の老同心が息子に裏切られ、家族の絆を取り戻そうと頑張る『間借り隠居』。

町人から色将軍、オットセイと呼ばれているのを知った徳川家斉《いえなり》がお忍びで江戸の町に繰り出し、名誉を挽回しようと張り切りながらも、世間知らずな上に気性が真っ直ぐなため笑える行動をしてしまいがちな毎日を描くコメディ作品『上様出陣！』。

そして、こちらの『甘味屋十兵衛子守り剣』。

いずれも以前の私であれば、たとえ構想を思いついても自分には書けそうにないと判断し、世に出すには至らなかったであろうテーマの作品です。

何も、奇を衒《てら》ってばかりいるわけではありません。

時代小説は文芸の中でもさまざまな試みが出来るものであり、書き手として工夫を凝《こ》らす余地が大きいのではないかと私は思います。

もちろん王道と言うべき骨太な作品も好きですし、執筆していきたいです。今も一ファンとして愛読させていただいております、池波正太郎先生や藤沢周平先生をはじめとする先達の方々が手がけられた名作の数々をお手本とし、少しずつでも追いついていきたいものだと、私は願って止みません。そんな志を抱きながらも冒険をさせていただき、経験を糧としていきたいのです。

これまで正面から取り組んだことのないテーマに沿っての作品執筆は、日々試行錯誤の連続です。挑戦した甲斐《かい》あって読者の皆様からご好評をいただいたシリーズもあれば、残念ながら思わしい結果を得られず、申し訳なくも開始早々に打ち切らざるを得なかった作品もありました。

甘味屋十兵衛、皆様がご支持くださる限り書き続けたいと願っております。

今後ともご愛読の程、何卒よろしくお願い申し上げます。

牧　秀彦拝

二〇一三年一月吉日

この作品は書き下ろしです。

幻冬舎時代小説文庫

●好評既刊
甘味屋十兵衛子守り剣
牧　秀彦
深川の笑福堂は十兵衛が作る菓子と妻・おはること遥香の笑顔が人気。だが二人は夫婦ではなく、十兵衛の使命は主君の側室だった遥香とその娘・智音を守ること。そんな笑福堂に不審な侍が……。

●最新刊
あやかし三國志、たたん
唐傘小風の幽霊事件帖
高橋由太
閻魔大王の力で、生きながらにしてあの世へ送られた仲吉は、地獄の阿修羅たちの戦いに巻き込まれてしまう。果たして仲吉は現世に戻れるのか？大人気幽霊活劇シリーズ、堂々完結！

●好評既刊
船手奉行さざなみ日記(一)
泣きの剣
井川香四郎
鎖国政策の終焉により、船手奉行所は重要性を増した。その筆頭与力に出世した早乙女薙左は、海岸線で妙な一団を見つける。調べ始めた薙左が辿り着いた驚愕の真相とは？　新シリーズ開幕！

●好評既刊
旗本ぶらぶら男　夜霧兵馬
佐々木裕一
由緒正しい直参旗本だが、無役で夜遊び好きの松平兵馬。だが北町奉行所の同心が相次いで辻斬りに遭い、老中・田沼意次から下手人成敗の密命が下る。破天荒で痛快なニューヒーロー誕生。

●好評既刊
公事師　卍屋甲太夫三代目
幡　大介
公事師として名高い二代目卍屋甲太夫の一人娘・お甲は、女だてらに公事を取り仕切る切れ者。だが、女が家業を継ぐことは許されず、婿をとりたくないお甲は驚愕の作戦に出る——痛快時代劇！

甘味《かんみ》屋《や》十兵衛《じゅうべえ》子守《こも》り剣《けん》2

殿《との》のどら焼《や》き

牧秀彦《まきひでひこ》

平成25年4月10日　初版発行

発行人――石原正康
編集人――永島賞二
発行所――株式会社幻冬舎
〒151-0051東京都渋谷区千駄ヶ谷4-9-7
電話　03(5411)6222(営業)
　　　03(5411)6211(編集)
　　振替00120-8-767643
印刷・製本―株式会社　光邦
装丁者――高橋雅之

検印廃止
万一、落丁乱丁のある場合は送料小社負担で
お取替致します。小社宛にお送り下さい。
本書の一部あるいは全部を無断で複写複製することは、
法律で認められた場合を除き、著作権の侵害となります。
定価はカバーに表示してあります。
Printed in Japan © Hidehiko Maki 2013

幻冬舎時代小説文庫

ISBN978-4-344-42015-1　C0193　ま-27-2

幻冬舎ホームページアドレス　http://www.gentosha.co.jp/
この本に関するご意見・ご感想をメールでお寄せいただく場合は、
comment@gentosha.co.jpまで。